소원 따위 필요 없어

소원 따위 필요 없어

탁경은 장편소설

특별한서재

차례

소원 따위 필요없어

1부

소원 하나 들어주면
용서해줄게

●

약병이 주렁주렁 매달린 링거대를 한 손으로 끌며 민아는 휘적휘적 앞으로 걸어갔다. 간호 스테이션에서 시작해 4층 복도 끝에 있는 보호자 휴게실까지 도는 것이 민아의 운동 루틴이었다. 조금 걷자마자 숨이 차올랐지만 더 힘차게 발을 앞으로 뻗었다. 투병 생활을 포기하지 않는 힘은 기초 체력에서 온다고 했다. 쥐똥만큼, 아니, 눈곱만큼의 체력이라도 상관없었다.

환자도 노력하면 얼마든지 체력을 쌓을 수 있다고 말해준 사람은 아이언맨이었다. 아이언맨처럼 좀 잘생겼지만 냉정할 때는 쇠처럼 차가운 주치의 선생님을 생각하며 피식 웃는데 그 애가 보였다.

또 입원한 건가?

주체할 수 없는 호기심을 느끼는 스스로의 오지랖이 징글맞으면서도 그 애한테 향하는 발걸음을 멈출 수 없었다. 그애는 휴게실 의자에 앉아 창밖을 하염없이 바라보고 있었다. 민아는 그 애 옆자리에 살포시 앉았다.

이렇게 가까이에서 그 애를 보는 것은 처음이었다. 민아는 그 애를 힐끔거렸다. 머리카락을 질끈 묶은 갈색 머리끈. 구부정한 어깨와 한쪽으로 기운 고개. 깍지를 끼지도, 허벅지 위에 편안히 있지도 못하고 불안하게 움직이는 손가락들. 무언가를 바라보고 있지만 초점이 없는 듯한 멍한 눈빛.

겉으로는 멀쩡해 보이는데 그 애는 또 소아청소년 병동에 모습을 드러냈다. 어디가 아픈 걸까? 오지라퍼답게 민아는 병원에 자주 들락거리는 자기 또래 친구들의 병명과 투병기를 죄다 꿰고 있었다. 딱 한 명, 지금 눈앞에 있는 이 인간만 빼고.

병실로 돌아갈 시간인지 그 애는 밖을 향하던 눈길을 슬쩍 거뒀다. 그러면서 그 애의 시선이 자연스럽게 민아의 얼굴에 머물렀다. 잠깐 어리둥절해하던 그 애의 두 눈이 휘둥그레졌다.

"헐, 너는……."

민아는 조금 당황했다. 자신을 알아보는 사람을 마주치는 일은 드물었다. 눈썰미가 뛰어나거나 드라마를 수십 번 반복해서 보는 찐팬들만 간혹 민아 얼굴을 알아봐주었다. 아마추어같이 동공을 최대한 크게 뜨며 맞장구쳐주는 일은 하고 싶지 않지만 반갑고 고마운 마음이 드는 건 어쩔 수가 없다.

"〈최고의 공주〉 맞지?"

민아는 천천히 고개를 끄덕여줬다. 열 살부터 작년까지 수십 편의 작품에 나왔지만 사람들은 〈최고의 공주〉만 기억했다. 시청률은 생각보다 훨씬 무섭고 어마어마한 거였다.

"공주 팬이지만 너도 좋아했어."

민아 입에서 '영광이옵니다'라는 말이 절로 튀어나올 뻔했다.

"단역계의 김보라, 나이 열여섯. 나랑 같은 나이라 기억해."

대충 맞는다는 뜻으로 민아는 고개를 주억거렸다. 김보라는 〈최고의 공주〉에서 공주 역을 맡은 아역 스타였다. 과연 내가 단역계의 김보라라고 불릴 건덕지가 있나? 선뜻 동의하기 어려웠지만 민아는 토를 달지 않았다.

"너 실물이 훨씬 낫다."

그 애는 아예 몸을 민아 쪽으로 돌려 앉으면서 민아 얼굴을 뚫어져라 바라봤다. 레이저 같은 눈빛에 얼굴이 녹아내릴 것만 같아 민아는 헛기침을 몇 번 했지만 그 애는 물러설 생각이 없었다.

날 알아봤으니 이제 슬슬 질문을 던져볼까? 일단 가벼운 것부터 물어볼까?

"내 이름은 모르지?"

민아의 질문에 그 애는 금세 귀찮다는 표정을 지으며 한쪽 볼을 빵빵하게 만들었다.

"소빈……은 아니겠지?"

민아는 미소를 잃지 않으려고 애썼다.

'가식적으로 보여도 상관없으니까 무조건 웃어. 그래야 이 판에서 살아남는다.' 아빠 말이 귓가에 울렸다. 민아는 최대한 입꼬리를 내리지 않은 채 상냥하게 대답해줬다.

"소빈 아니고 민아야. 네 이름은?"

소빈은 〈최고의 공주〉에서 민아가 맡은 역 이름이었다. 이름이 있는 역할은 꽤 비중이 있다는 뜻이다. 단역 배우들의 첫 꿈은 이름이 있는 역할을 꿰차는 것이다. 두 번째 꿈은 대사가 주어지는 것이다. 아무리 짧은 대사라도 상관없다.

"난 혜주."

대답을 한 뒤 혜주의 얼굴에서 표정이 차츰 사라졌다. 아까 창밖을 보던 멍한 얼굴로 빠르게 되돌아갔다. 터지기 일보 직전의 풍선처럼 궁금증이 한껏 부풀어 올랐다. 더는 참지 못하고 민아는 혜주에게 상체를 바짝 붙이며 물었다.

"지난번에도 너 봤어. 넌 어디가 아파?"

그 순간 혜주의 얼굴이 차갑게 변했다. 그러더니 자리에서 벌떡 일어나 팔짱을 단단히 꼈다.

"그건 알아서 뭐 하게."

날이 삐죽삐죽 돋아난 대꾸에 민아는 어안이 벙벙했다. 혜주는 민아를 잠깐 쏘아보더니 찬바람만 남긴 채 쌩하고 사라졌다.

뭐지? 내가 뭘 잘못한 거지?

민아는 눈을 몇 번 깜빡이다가 휴게실을 둘러봤다. 총천연색의 벽지가 조명을 고스란히 받고 있었다. 원색 무지개 뒤로 들꽃이 무더기로 보였다. 들꽃 옆으로 초록색 개구리가 눈망울을 짓궂게 떴다. 그 위로 커다란 나비 몇 마리가 정지 상태로 날았다.

풀도 나비도 나풀거렸으면 좋겠다. 저렇게 멈춰 있지 말고 퍼덕퍼덕 살아 움직였으면 좋겠다. 그런 생각 끝에 민아는 문득 시가 읽고 싶었다. 어떤 시든 다 좋았다. 시의 단어들이 그리웠다. 어렸을 때는 동시를 참 좋아했다.

소빈도 시를 읽는 아이였다. 시도 읽고 한자도 알고 한시도 지을 줄 알았다. 그래서 공주가 위기에 빠질 때 도움을 주곤 했다.

민아가 처음으로 시 비슷한 것을 끼적인 것은 일 년 전이었다. 그것은 시가 아니었고, 또 시였다. 시라고 하기에 어설펐지만 시 비슷한 것을 쓰는 동안 민아는 들떴다. 몸을 돌던 피가 펜 끝으로 흘러나오는 듯한 착각에 빠져들었다. 여백을 찾아다니는 활자들이 생명체처럼 몸을 꿈틀거리며 종이에 적혀나갔다. 그 활자들을 좇으면 가슴이 뻥 뚫렸다.

민아는 눈길을 돌려 아까 혜주가 건너다보던 창밖을 바라봤다. 어두컴컴한 밤하늘에 외로이 떠 있는 반달을 보니 수박이 먹고 싶어졌다. 목이 탔다. 시원한 수박을 커다랗게 한 입 베어 물고 싶었다.

*

아직까지 혜주의 가슴은 조금 콩닥거렸다. 공주의 시중을 드는 궁녀 소빈을 직접 만나다니. 이래서 혜주는 병원이 좋다. 여기를 떠날 수가 없다.

아역 배우들 연기는 고만고만해 눈에 띄기 쉽지 않다. 그런데 보라의 연기에는 무언가 다른 것이 있었다. 논리적으로 설명할 수 없는 그 무엇이. 사람의 마음을 건드리고야 마는 그 무엇이. 보라의 연기는 나이 들수록 점점 더 무르익어 갔는데 혜주는 그 점이 가장 좋았다.

특히 〈세 번의 기적〉에서 보여준 수화 연기는 훌륭했다. 보라의 세계는 자신과 달랐다. 시간이 지날수록 보라의 외모는 더 아름다워졌고 연기는 물이 올랐다. 아무리 시간이 흘러도 무엇 하나 달라지는 것 없이 더 구질구질해지기만 하는 자기 삶과 차원이 달랐다.

병실 문을 조용히 열고 침대에 누웠다. 남에게 과시하는 것이 삶의 낙인 엄마 덕분에 혜주는 또 2인실을 써야만 했다. 소아청소년 병동에 2인실은 몇 개 없었고 병실료가 싸지 않은데도 엄마는 굳이 2인실을 고집했다.

사는 건 너무 지루했다. 재미가 1도 없었다. 어느 날은 그 냥 확 늙어서 노인이 되어버렸으면 좋겠고 어느 날은 아무것 도 모르던 아기 때로 돌아갔으면 했다. 똑같은 하루하루가 반 복되고 또 반복됐다. 숨통이 막혀 죽을 것 같았다.

그나마 병원에 오면 시간이 좀 빨리 흘렀다. 그래서 혜주 는 병원을 사랑했다. 병원은 늘 깨끗하다. 여름에는 시원하고 겨울에는 따뜻하다. 모든 것이 제자리에 있다. 분주하게 움직 이는 간호사들을 볼 때면 왠지 모르게 기분이 좋다. 간호사들 의 활력에 전염되고 싶은 마음이 든다.

병실의 온도와 습도는 완벽하다. 혜주는 늘 창가 쪽 베드 를 썼다. 가만히 누워 창밖을 보고 있으면 해가 뜨고 볕이 들 어왔다. 점점 안쪽 깊숙이 들어오는 볕에서 좋은 향기가 날 것 같았다. 정오 무렵 햇살이 혜주의 피부를 적당히 달구면 심장이 간질간질했다. 행복이란 이런 걸까. 내 몸은 빛을 좋 아하는구나. 그런 깨달음이 낯설면서도 소중했다.

그중에서도 혜주가 가장 사랑하는 것은 병원의 냄새였다. 특유의 소독약 냄새 같은, 시원하고 아릿한 냄새를 맡을 때마 다 혜주는 희한하게 안도감을 느꼈다. 뜨거운 햇살이 내리쬐 는 한여름 날 서둘러 들어간 수영장에서 훅 끼치는 청량하고 중독적인 향기처럼 사랑스러웠다. 빳빳하게 다려진 의사 가 운, 정중하게 병실 문을 두드리는 간호사의 손길, 일회용 장갑을 손에 끼는 소리, 두런두런 퍼져나가는 복도와 휴게실의 적당한 소란스러움에서 보호받고 있다는 느낌을 받았다.

아무 냄새도 나지 않는 자기 방에서도 이 냄새를 맡고 싶어 클로브 오일이나 정향이 포함된 향수를 사봤지만 미묘하게 냄새가 달랐다. 그래서 혜주는 병원에 올 때마다 코를 킁킁거렸다. 누구에게도 들키지 않도록, 혼자 있을 때면 숨을 깊이 들이마시며 냄새를 맡았다. 코 안에 냄새를 저장할 수 있는 커다란 동굴이 있는 사람처럼.

잠이 오지 않았다. 오늘도 한참 뒤척이다가 겨우 잠에 들 모양이다. 눈을 멀뚱멀뚱 떴다. 천장에 소빈의 얼굴이 아른거렸다. 실물이 몇 배 더 예뻤다. 배우를 실제로 보면 완전 다르다더니 그 말이 맞았다. 이목구비가 또렷했고 생각보다 피부 톤도 좋았다. 환자복을 입고 있어도 얼굴에서 빛이 났다. 조연 배우도 저 정도인데 공주를 실제로 보면 얼마나 눈부실까. 공주가 뿜어내는 아우라에 눈이 멀지도 모른다.

쓸데없는 생각을 하다가 혜주는 상체를 벌떡 일으켰다. 그런데 소빈이가 왜 병원에 있는 거지? 혹시 어디가 아픈 건가? 에이, 별일 아니겠지. 무리한 촬영 일정에 지쳐 잠깐 꾀병을 부리는 거겠지. 완전 멀쩡해 보이던데 뭐.

혜주는 다시 침대에 벌러덩 드러누웠다. 아무래도 금방 잠이 올 것 같지 않았다. 핸드폰을 꺼내 만지작거렸다. 친한 애들이 모여 있는 톡방에 들어가 아까 읽었던 대화를 다시 찬찬히 읽었다. 그러고 있는데 예원한테 톡이 왔다.

방금 자료 보냈어.

혜주는 전교에서 알아주는 모범생 예원과 모의 면접 대회 본선을 준비 중이었다. 예원과의 톡방은 그 얘기로 가득했다. 구청에서 열리는 모의 면접 대회 예선에 학교 대표로 나가자고 예원이 하도 졸라 어쩔 수 없이 나갔다. 본선에 진출하고 싶은 욕심은 전혀 없었다. 구청에서 주는 상패와 가산점에도 관심 없었다. 이 상장 없이도 충분히 화려한 성적표를 자랑하면서 대회에 목을 매는 예원이 이해 가지 않았다.

근처 중학교에서 진행된 예선은 정말 이상했다. 면접관 역을 맡은 선생들의 고압적인 태도도 거슬렸고 잔뜩 주눅이 들어 있는 학생들의 태도도 마음에 들지 않았다. 가뜩이나 어깨가 구부정해 친구들한테 지적을 자주 받는 혜주는 일부러 어깨를 활짝 펴려고 노력했다. 그럼에도 불구하고 질문에 제대로 답하지 못하면 망한다는 절박한 분위기에 휩쓸려 자꾸 마음이 졸아들었다.

면접관이 학생들에게 던지는 질문은 기이했다. 대체 무슨 의도로 그런 질문을 던지는지 본인들은 알까? 출제 의도를 알 수 없는 문제지를 받아 들었을 때처럼 당혹스러워하는 학생들을 보면서 은밀한 쾌감을 느끼는 걸까?

"서울 안에 바퀴벌레는 모두 몇 마리나 있을까요?"

"다른 사람이 생각하고 있다는 것을 어떻게 알 수 있나요?"

"내일 당장 지구가 멸망한다고 칩시다. 가정에 대피용 비행선은 한 대밖에 없고 2인용입니다. 당신의 가족은 당신, 배우자, 아들, 딸 이렇게 네 명입니다. 누구를 비행선에 태우겠습니까?"

혜주는 이 대회 전체가 코미디로 느껴졌다. 정말로 그런 질문들이 창의력이나 문제 해결 능력과 연관이 있다고 생각하느냐고 진지하게 물어보고 싶었다. 왜 이상한 질문들을 던져 그렇지 않아도 주눅 들어 있는 애들을 더 움츠리게 하느냐고 따지고 싶은 마음이 굴뚝같았다. 하지만 결국 아무 말도 하지 못했다.

예선이 얼른 끝나기만을 바라고 있는데 마지막 팀에 질문이 날아들었다.

"23조. 몸이 줄어들어 믹서에 갇힌다면 어떻게 빠져나올 건가요?"

마지막 팀에 속한 남자애가 고개를 빳빳하게 들며 이렇게 대답했다.

"왜 빠져나가야 합니까?"

면접을 지켜보던 아이들이 단숨에 술렁였다. 면접관이 종이에 붙박여 있던 시선을 들어 올렸다.

"묻는 질문에 답이나 합시다."

면접관의 고압적인 태도에도 남자애는 전혀 기죽지 않았다.

"저는 계속 갇혀 있고 싶은데요. 어떤 욕구든 존중받아야 하는 거 아닙니까?"

기세 좋은 목소리가 강당에 울려 퍼졌다. 옆자리에 앉아 있던 여자애가 남자애를 말렸지만 소용없었다. 남자애는 날이 선 눈초리로 면접관을 바라보며 당당히 요구했다.

"다른 질문을 요청드립니다. 저희의 사고력과 창의력을 판단할 수 있는 질문을 주시죠."

혜주는 얼이 나간 얼굴로 남자애를 바라봤다. 무엇에도 관심이 전혀 생기지 않아 지루한 하루를 보내는 혜주였다. 누군가를 짝사랑하는 일에도 도통 관심이 없는 혜주였다. 그런 혜주에게 알고 싶은 것이 생겼다. 저 애는 어떤 아이일까?

면접관은 카운트다운을 하기 시작했다. 남자애는 물러서지 않았고 옆에 있던 여자애는 시간을 초과하기 직전에 얼렁뚱땅 이상한 대답을 했다. 카운트다운이 끝나자 남자애는 자리에서 벌떡 일어나 강당을 빠져나갔다. 그 애의 단호한 뒷모습은 혜주에게 이런 질문을 건네고 있었다.

누군가가 질문하면 무조건 대답을 해야 하는가?

하나의 질문에 여러 개의 답이 있을 수도 있지 않나?

주인의 명령에 따를 생각이 없는 듯 혜주의 가슴은 계속 벌렁거렸다.

*

민아는 엘리베이터를 타고 2층 병실로 향했다. 6인 병실 문을 열고 빠끔히 머리만 들이밀었다. 중간 침대에서 자기 엄마와 실랑이를 하던 동수가 민아를 발견하고는 재빨리 알은 척을 했다.

"어이, 친구!"

가느다란 팔을 번쩍 들어 인사를 건네는 동수에게 시선을 떼며 아줌마는 고개를 돌렸다. 민아를 발견하고는 아줌마가 빙긋 웃었다. 몇 겹으로 접힌 눈가 주름은 아줌마가 민아에게 보내는 반가움과 고마움이었다.

동수가 민아에게 들어오라는 손짓을 보냈다. 들어갈까 말까 망설이는 사이 아줌마가 접혀 있던 동수의 휠체어를 능숙하게 펼쳤다. 동수가 앙상한 팔로 끙끙 몸을 움직였지만 아직 혼자 힘으로 휠체어에 올라타는 일은 무리였다. 시간이 한참 더 걸릴 것 같아 민아는 조금 큰 소리로 말했다.

"천천히 해. 복도에 있을게."

민아는 벽에 등을 기댄 채 복도를 지나가는 사람들을 바라봤다. 파란색 두건을 쓰고 있는 사람, 눈썹이 듬성듬성 사라진 사람, 깡마른 몸을 이끌고 겨우 걸어가는 사람, 마스크를 낀 사람. 항암 치료를 받다 보면 암 환자의 외모는 엇비슷해진다. 그리고 사람은 자신과 같은 병을 앓고 있는 환자를 귀신같이 알아차린다.

곧 머리카락이 모조리 빠지겠지. 골룸이 되는 건 시간문제일 거야. 그러기 전에 머리카락을 확 밀어 삭발을 해야 한다. 분명 마음의 준비를 하고 있었는데도 민아와 엄마는 화들짝 놀랐다. 샤워기 수압을 이기지 못하고 뭉텅뭉텅 빠진 머리카락이 욕실 바닥을 어지럽히는 장면을 볼 때 말이다. 미리 알고 있는 것과 실제로 눈앞에 일이 닥치는 것은 얼마나 다른지. 염색을 하지 않아도 밝은 갈색빛이 도는 머리카락은 늘 민아의 자부심이었다. 자신의 머리카락을 손끝으로 천천히 훑는 것은 민아가 무심코 하는 행동 중 하나였다. 이제 더는 그런 행동을 할 수 없다. 민아는 무심결에 손끝이 머리카락을 만질까 봐 신경이 쓰였다.

병실 문이 열리고 동수가 휠체어를 밀며 나타났다. 오래 기다려준 민아에게 고마운 건지 멋쩍은 건지 동수는 히죽 웃는다.

"끝내주는 곳 발견했어. 시간 좀 있어?"

"그럼."

동수가 낑낑대며 휠체어를 밀기 시작했다. 먼저 앞장을 선 동수를 민아는 천천히 뒤따랐다. 구관과 신관을 연결한 브리지를 건넌 후 다다른 곳은 구관에 있는 작은 홀이었다. 홀 중앙에는 그랜드 피아노 한 대가 있고 주변으로 하얀 의자들이 정갈하게 놓여 있었다.

"멋지다."

민아는 감탄하며 피아노 몸체를 부드럽게 쓰다듬었다. 피아노 의자에 자연스럽게 앉고는 탐나는 물건을 보는 눈길로 피아노를 훑어봤다.

"피아노 칠 줄 알아?"

민아가 물었고 동수는 고개를 저었다.

"아니, 전혀."

"배워보고 싶진 않아?"

"조금? 왜 그런 거 있잖아. 한 번쯤 배워보고 싶은데 나랑 안 어울려서 배울 생각조차 못한 것들. 그게 난 피아노거든."

"나도 그런 거 있어."

"뭔데?"

"비~밀."

"아, 뭐야. 사람 궁금하게."

동수는 툭 튀어나온 입으로 계속 피아노를 힐끗거렸다. 만약 그럴 수 있다면 민아는 시를 제대로 배워보고 싶었다. 아무도 민아에게 무얼 하고 싶은지, 무얼 배우고 싶은지 묻지 않아 민아 스스로 물어본 결과 알게 된 사실이다.

민아는 동수를 보던 눈길을 돌려 피아노 건반을 뚫어져라 보다가 입을 열었다.

"좀 가르쳐줄까?"

"지금?"

민아가 고개를 크게 끄덕였다. 그러더니 피아노 의자를 약간 옮겨 동수의 휠체어가 들어갈 자리를 만들었다. 민아가 숨을 크게 내뱉으며 건반 위에 손을 올렸다. 동수는 민아를 따라서 손을 올렸다.

"작은 공을 쥐고 있는 것처럼 손을 살짝 말아봐."

동수가 입술을 실룩거리며 손을 동그랗게 말아 쥐었다. 동수는 민아가 하는 대로 도부터 솔까지 건반을 하나씩 눌렀다. 청아한 소리가 홀에 퍼져나갔다. 민아는 좀 더 빠르게 건반을 눌러댔다. 한 마디를 친 후 잠시 쉬면 동수가 잽싸게 따라 쳤다. 따라서 치는 것이 쉽지 않은지 음계를 틀리고 삑사리가 났지만 동수는 거침없이 손가락을 움직였다. 그렇게 쉬운 동요 한 곡이 완성되었다.

"처음치고 제법인데?"

민아의 칭찬에 동수는 어깨를 으쓱했다. 민아가 건반에서 손을 뗐다. 엄마 오리를 쫄래쫄래 따라 하는 새끼 오리처럼 동수도 손을 뗐다. 엉성한 첫 수업이 끝났다. 민아는 조심스레 피아노 뚜껑을 닫았다.

"피아노 그만둔 거 후회한 적 없어?"

동수가 물었다. 민아는 골똘히 생각에 잠긴 얼굴이 되었다. 어렸을 때부터 상황 파악 능력이 남달랐다. 피아노 학원을 보내달라고 고집을 피우면서도 오래 다니지 못할 걸 알았다. 어떤 재능에는 굉장히 많은 돈이 든다. 돈이 들지 않고 엄마에게 부담을 주지 않아도 되는 일을 찾아야 했다.

"바빴잖아. 후회도 에너지나 시간이 남아야 하는 거야."

"그런가? 난 남아도는 게 시간이라."

동수는 잠시 낄낄대다가 웃음을 멈췄다. 어색한 침묵이 둘 사이를 채웠다. 민아는 어쩐지 동수에게 하고 싶은 말이 남아 있는 듯한 느낌이 들어 말을 아꼈다.

"내일 재욱이 퇴원한다."

어떤 대답도 하지 못한 채 민아는 굳게 입을 다물었다. 이럴 땐 뭐라고 대꾸해야 현명할까. 동수보다 몇 살 어린 재욱은 동수와 같은 하지 마비 환자였다. 재활실에서 같이 땀 흘리고 함께 으쌰으쌰 했는데 한 사람은 하지 장애가 나아지고 한 사람은 여전히 움직이지 못한다. 지금 동수 마음이 얼마나 복잡할지 민아는 감히 상상이 안 됐다.

"오늘 몸 상태는 어때?"

끝내 대꾸할 말을 찾지 못했다. 눈치껏 민아는 새로운 질문을 던졌다.

"음, 56점? 아, 이거 딱 내 수학 점수인데."

동수가 쿡쿡대고 민아도 푸하하 웃음을 터뜨렸다. 아까 피아노에서 울려 퍼진 소리가 홀에 메아리쳤듯이 둘의 웃음소리가 에코가 돼 울렸다.

민아와 동수는 병명도 다르고 느끼는 통증도 다르다. 하지만 공통점도 꽤 많다. 민아와 동수는 나이가 같다. 지금 환자라 병원에 있는 시간이 길다는 것도 같다. 무엇보다도 둘은 웃음소리가 비슷하다. 어떤 상황에서도 웃음을 잃지 않겠노라 속으로 다짐했다는 점도 같다.

"병원에 오래 있다 보니까 뭐가 제일 그리운 줄 알아?"

동수가 말을 이었다.

"일주일에 한 번, 아빠랑 엄마가 퇴근하는 시간에 맞춰 치킨을 두 마리 시켰거든. 한 마리는 간장 소스, 한 마리는 매운 고추 소스로. 아빠는 소주 뜯고, 엄마는 맥주 뜯고, 동생이랑 나는 사이다를 땄지. 넷이서 고개를 맞대고 온기가 남아 있는 치킨을 게걸스럽게 먹는 거야. 그게 소중한 시간인 줄 그때는 몰랐다, 정말."

동수의 말을 듣는 동안 민아 입에 절로 침이 고였다. 민아도 그랬다. 동수의 병원 생활에 비하면 짧디짧은 시간이지만 병원에 있는 동안 가장 그리운 것은 작고 소소한 일상이었다. 방을 청소하는 시간, 등교를 준비하는 시간, 주말이면 엄마와 공원에 들러 커피와 빵을 나눠 먹은 시간, 학교에서 친구들과 수다를 떨던 시간, 학원 쉬는 시간에 잠깐 편의점에 들러 먹고 싶은 것을 마구 고른 시간.

그리움이 끝도 없이 커지면 웬일로 촬영 현장까지 그리웠다. 숨 막히는 긴장감과 스트레스로 가득했던 곳인데 말이다. 엔지를 내고 나면 대차게 욕을 먹었고 시간에 쫓겨 밥 먹을 시간도 없었다. 그곳에서 민아는 늘 대기 중이어야 했다. 단역 배우는 소품 같은 존재였다. 잠깐 사용되고 나면 바로 잊혔다.

동수의 병실 앞에 도착했다. 내일 보자는 말을 하면서 동수는 개구쟁이처럼 짓궂은 미소를 보냈다. 동수의 휠체어가 병실 안으로 무사히 들어가는 것을 본 민아는 다시 엘리베이터를 타고 4층으로 올라왔다. 천천히 병원 복도를 걷다가 어제처럼 보호자 휴게실에 들렀다. 예상대로 창가가 잘 보이는 끝자리에 혜주가 앉아 있었다. 민아는 조용히 혜주 옆으로 다가갔다.

"안녕."

민아 목소리에 혜주가 고개를 돌렸다. 다부지게 팔짱을 긴 채 혜주는 다소 무뚝뚝하게 인사를 받았다.

"어제 일 미안해. 초면에 병명부터 물어보는 거 예의 아닌 건데……."

"알면서 왜 그랬대?"

"미안. 너무 궁금해서 그랬어. 내가 궁금증 대마왕이야."

살짝 애교 섞인 민아 말투에 혜주의 딱딱하던 얼굴이 조금 풀어졌다.

"좋아. 소원 하나 들어주면 용서해줄게."

혜주가 조금 거만한 표정으로 말했다. 지금 이 장면에서 공주는 혜주였다. 사극에서 공주 역을 맡은 보라도 저 정도로 거만한 표정을 짓지는 않았는데. 그런 생각을 하자 울컥 감정이 올라왔다. 보라를 향한 정리되지 못한 감정들이었다.

"뭔데?"

"나랑 사진 찍자."

혜주 말에 민아는 흔쾌히 고개를 끄덕였다. 같이 사진 찍는 게 뭐 어려운 일이라고. 민아가 혜주 곁으로 바짝 붙었고 혜주는 손을 죽 뻗어 핸드폰을 최대한 멀리 떨어뜨렸다.

"찍는다. 하나, 둘, 셋!"

둘은 동시에 숫자를 외쳤다. 하나, 둘, 셋.

*

제발 좀! 한 번이라도 좋으니 움직여라. 움직이는 척이라도 해라 좀!

동수는 매일 밤 발가락에 신호를 보냈다. 모든 신경을 총동원해 한 시간 동안 끙끙댔다. 겉으로 보면 한가하게 노는 듯 보이지만 하는 사람은 온몸이 땀으로 범벅이 될 정도로 힘든 일이다. 재욱이가 몇 주의 노력 끝에 드디어 성공한 날 말했다. 그날 발가락 하나 미는 데 네 시간이 걸렸다고.

발가락을 움직일 수 있다면 발끝 신경이 살아 있다는 뜻이고 발끝 신경이 살아 있다면 다시 걸을 수 있다는 뜻이었다. 하지만 발가락이 아니라 허벅지부터 신경이 돌아오면 하반신을 죽 못 쓸 확률이 높아진다. 이건 동수에게 엄청나게 중요한 문제다. 동수의 미래는 물론이고 동수의 가족 모두가 걸린 문제다.

동수는 미간을 잔뜩 찌푸리며 발목과 발가락을 힘껏 밖으로 민다. 실제로 밀리거나 움직이는 건 아무것도 없지만 계속 힘을 가해야 한다. 포기하면 안 된다. 미동조차 없는 발가락을 계속 노려보다가 찰싹 때려본다. 매를 맞는데도 움직일 생각이 없는 발가락들이 야속하다.

병원에 오기 전 동수는 주의력결핍 과잉행동증후군 환자로 불릴지언정 아픈 곳 하나 없는 건강한 몸이었다. 잠시도 가만히 있지 못해 성적이 좋지 않았지만 친구들은 모두 동수를 좋아했다. 운동 좋아하고 말끝마다 푸하하, 웃음을 터뜨리고 기발한 농담과 수다거리를 달고 사는 동수는 말 그대로 인싸 중의 인싸였다.

어느 것 하나 특별할 것 없는 하루였다. 학교가 끝나자마자 교문 밖으로 달려 나갔다. 애들이랑 우르르 몰려가 잠깐 피시방에서 피 튀기는 게임을 했다. 컵라면 두 개를 싹 비우고 태권도 학원 시간에 딱 맞춰 갔다. 다른 날처럼 머리를 땅에 대고 물구나무서기를 하는데 친구 몇 명이 장난을 쳐왔다. 선생님 몰래 욕 몇 마디를 하면 물러가겠지 했는데 이것들이 끈질기게 장난을 걸었다.

우두둑. 그 소리를 동수는 평생 잊을 수 없을 것이다. 무언가가 무너지고 붕괴되는 소리. 온몸에 소름이 쫙 끼칠 정도로 선명한 소리. 이제 다시 예전으로 돌아갈 수 없다고 경고하는 듯한 그 소리와 함께 동수의 몸은 와르르 무너져내렸다.

아침에 간신히 눈을 떴다. 병원에 실려 온 이후로 매일 엄청난 피곤함과 무기력을 느꼈다. 하지만 동수는 엄마 앞에서 피곤하지 않은 척 해죽 웃기 바쁘다. 아침 댓바람부터 동수는 엄마 눈치를 슬슬 본다.

"엄마, 나 휠체어 좀."

"또 어디 가려고."

"1층 카페. 민아가 딸바 사준대."

엄마 입에서 한숨과 함께 잔소리가 시작된다. 오전에 있는 재활 치료에나 집중할 것이지 어제 만난 민아를 왜 또 만나느냐, 여기가 병원이지 놀이터인 줄 아느냐 등등 같은 말을 이백 번째 듣는다. 하릴없이 동수는 엄마의 도움 없이는 아직 휠체어를 탈 수 없는 자신의 빈약한 팔을 노려볼 뿐이다.

오늘도 병원 1층은 인산인해다. 사람들 틈을 비집고 앞으로 나아가는 일이 쉽지 않다. 1층 카페에 다가가기도 전에 푸근한 빵 냄새가 기분을 좋게 한다. 동수는 과일 주스를 얻어먹을 생각에 신이 나 힘껏 휠체어를 민다. 창가 테이블에 앉아 있는 민아가 눈에 들어온다. 동수가 손을 번쩍 들어 올린 순간 민아도 손을 흔든다. 민아 옆에 앉아 있던 여자애가 민아의 시선 끝에 있는 동수를 뚫어져라 쳐다본다.

누구지?

쌀쌀맞은 표정이 마음에 들지 않는다. 동수의 휠체어를 지그시 내려다보는 눈빛도 별로다. 그 애를 무시하고 동수는 민아 옆에 휠체어를 멈춘다. 민아가 동수에게 딸기바나나를, 맞은편에 앉은 여자애한테 키위바나나를 내민다. 민아 앞에는 따뜻한 자몽티가 놓여 있다.

"인사해. 여기는 혜주. 이쪽은 동수."

민아 말에 그 애는 무심하게 인사를 건넨다.

"안녕."

동수는 오른손을 올려 작게 흔들다가 이내 내린다. 민아가 왜 저 애를 데리고 나왔는지 궁금하면서도 이유를 알게 되면 기분이 나빠질 것 같은 예감이 들어 조용히 딸기바나나를 마신다. 민아가 무슨 말이라도 걸어주기를 바랐는데 어쩐 일인지 조용하다. 세 사람 사이를 채우고 있는 어색함을 견디지 못하고 동수는 입을 연다.

"난 경추 골절. 하반신 못 움직여서 재활 치료 중. 넌?"

혜주는 무표정한 얼굴로 빨대를 휘젓다가 의자에 등을 기댄다.

"난 얘기 안 하고 싶은데."

쉽게 물러설 동수가 아니었다.

"여기 병원이잖아. 우리 다 환자복 입고 있고."

"그래서?"

"여기에선 다 이렇게 해. 서로 병명 까는 게 자기소개라고."

"그런 룰이 있다 쳐. 그걸 왜 나까지 지켜야 해?"

혜주가 팔짱을 끼며 동수를 쏘아본다. 점점 험악해지는 분위기를 참다못하고 민아가 끼어든다.

"네 말이 맞아. 꼭 따를 필욘 없어. 근데 병명을 알면 서로 배려할 수 있으니까 그렇게 해왔대."

민아 말에 혜주는 입술을 동그랗게 오므린다.

"나 너랑 친해지고 싶거든. 그러려면 서로 왜 이곳에 있는지 아는 게 좋지 않을까?"

아이를 어르는 듯한 민아의 말투에 혜주는 입술 끝을 샐쭉 올리다가 팔짱을 스르륵 푼다. 혜주가 민아를 바라보며 묻는다.

"소빈이 넌 어디가 아픈데?"

"난 혈액암."

속 시원히 병명을 밝히는 민아를 빤히 보다가 혜주가 다시 빨대로 내용물을 젓는다.

"난 병명이 좀 많아서."

"다 얘기해봐. 우리 시간 많아."

"심장도 안 좋고, 빈혈도 있고, 아, 그게 뭐더라."

혜주가 빨대를 휙 내려놓고 자기 머리를 부여잡는다.

"맞다, 크론병. 그것도 있어."

혜주에게 눈을 맞추며 고개를 끄덕여주는 민아 옆에서 동수는 피식피식 바람 빠지는 소리를 낸다.

"거짓말."

동수 입에서 나온 소리는 작지 않았다. 혜주가 두 눈에 힘을 줬다.

"뭐래?"

"너 안 아프잖아."

동수를 노려보는 혜주의 두 눈이 옆으로 쫙 찢어진다.

"그걸 네가 어떻게 알아? 네가 의사야?"

"당연히 알지. 병원 밥 몇 주 먹어봐. 너도 다 알게 돼."

실은 지난주 목요일에 민아를 만나러 엘리베이터를 탔을 때 저 애를 본 적이 있다. 혜주가 소아 병동이 아닌 층에서 내리자마자 간호사 샘들이 수군거리는 이야기를 들었다. 정확한 병명도 없는데 상습적으로 입원을 하려고 해서 의료진이 난감해한다는 이야기였다. 아프지 않은 몸으로 병원 이곳저곳을 쏘다니기 바쁜 모양이었다. 아픈 곳도 없는데 병원을 수시로 드나든다고? 내일이라도 당장 병원을 뛰쳐나가고 싶은 동수에게 혜주 이야기는 짓궂은 농담으로 들렸다.

혜주가 자리에서 벌떡 일어나면서 계속 동수를 노려본다. 민아는 두 사람 사이에서 어째야 할지 몰라 쩔쩔매고 동수는 그러거나 말거나 상관없이 남은 딸기바나나를 끝까지 들이켠다. 혜주가 그대로 카페를 나가버리고 민아는 잠깐 망설이다가 혜주를 뒤따라간다. 동수는 민아의 뒷모습을 힐끗 본다.

민아한테 할 말이 있었는데. 다음에 해야지 뭐.

그렇게 생각하고 동수는 휠체어를 움직여 신관 끝에 있는 재활치료실로 향한다.

*

엘리베이터 문이 닫히려는데 하얀 손이 불쑥 끼어들었다. 문이 다시 열리고 민아의 얼굴이 보였다. 혜주는 여전히 부루 퉁한 표정을 짓고 있었지만 자신을 따라와준 민아한테 좀 감동했다. 얼굴보다 마음이 더 예쁘면 어쩌란 말이야. 며칠밖에 안 됐는데 혜주는 민아가 마음에 들었다. 얼마 만에 호감을 느끼는 친구인지 몰랐다.

쭈뼛쭈뼛 서 있는 혜주를 한 번 일별하고는 민아는 4층을 눌렀다. 둘은 4층에서 내렸고 아무 말 없이 혜주의 지정석이 있는 휴게실까지 걸었다. 창가가 가장 잘 보이는 끝자리에 털썩 주저앉는 혜주에게 민아는 잠시 후 캔을 내밀었다. 키위 맛이 나는 탄산음료였다. 혜주는 뚱한 얼굴로 캔을 받았다.

"내가 키바를 먹는 이유는 바나나 때문이야."

"바나나를 좋아하는구나?"

혜주가 가만히 고개를 한 번 끄덕였다.

"오케이. 앞으로 기억할게."

세상에서 혜주가 좋아하는 것은 딱 세 가지뿐이다. 그런데 그중 두 개나 들켜버렸다. 그것도 만난 지 며칠밖에 안 된 사람한테. 최단 시간 신기록이다.

민아의 살뜰한 말투에 먹구름처럼 흐렸던 기분이 거짓말처럼 맑아졌다. 카메라 빨을 받는 사람은 다르긴 다르구나. 얼굴은 기본이고 마음까지 훌륭하구나. 민아가 이 정도면 보라는 어떨까? 보라도 잘 웃고 모든 사람에게 친절하겠지. 아주 까칠한 사람에게까지 그럴 거야. 분명 친구도 많겠지. 보라는 물론이고 민아 부모님도 인성이 훌륭한 분들일 거야. 자식을 어떻게 사랑하고 키워야 하는지 잘 아는 분들임에 틀림없다.

물론 혜주는 엄마를 사랑했다. 동시에 엄마를 무서워했다. 엄마도 혜주를 사랑했지만 아프게도 했다. 그 모순을 이해하기엔 혜주는 어렸고 약했다. 엄마는 혜주가 공부 잘하는 로봇이 되기를 바랐다. 미안하게도 혜주는 엄마의 기대만큼 공부를 잘하지도 못했고 로봇은 더더욱 될 수 없었다.

"다 너 잘되라고 그러지."

이런 말을 들을 때마다 섬뜩했다. 엄마가 진심으로 바라는 것이 혜주의 행복인지, 아니면 혜주를 통한 엄마의 행복인지 헷갈렸다.

"더 잘할 수 있어. 누구 딸인데."

엄마의 과도한 기대에 숨이 막혔다. 학창 시절 엄마가 얼마나 공부를 잘했는지 잘 알았다. 엄마 아빠가 명문대를 나왔다고 자식도 무조건 공부를 잘해야 하나? 그건 아니지 않나?

그 간단하고 쉬운 걸 엄마 아빠만 몰랐다. 반에서 1등 한 번 못한 혜주도 알고 있는 진실인데.

도망갈 곳이 필요했다. 그곳이 병원이었다. 엄마의 완벽주의 병이 시작될 조짐이 보일 때마다 혜주는 거짓으로 병원에 입원하는 나일론 환자가 되었다. 방법은 단순했다. 변비약을 많이 먹어 설사를 유도하거나 드라이어로 머리를 한껏 달궈 미열이 나는 척하거나 떼굴떼굴 구르며 증상을 위장했다. 무조건 아프다고 울며불며 난리 치면서 당장 입원하겠다고 떼를 썼다.

"동수가 원래 좀 짓궂어. 완전 개구쟁이인데 요즘 장난을 못 치니까 심술부리는 거야. 마음 두지 마."

민아 말을 가만히 듣던 혜주가 진심으로 궁금해서 물었다.

"왜 저런 애랑 어울려?"

"어?"

"수준이 너무 안 맞잖아, 너랑은."

혜주 말에 민아의 커다란 두 눈이 더 커졌다.

"내 수준이 뭔데?"

"너 티브이 나오는 애잖아. 보라랑도 좀 친할 거 아니야."

민아가 차분하게 대꾸했다.

"보라랑 아는 사이이긴 하지. 근데 보라랑 알면 내 수준이 높아지는 건가? 그런 기준은 누가 정하는 건데?"

민아의 질문에 혜주는 말문이 막혔다. 엄마가 자주 했던 말이 불쑥 떠올랐다. 잘나가는 애들이랑 친하게 지내야 네 가치가 올라가는 거야, 이 멍충아.

"난 동수를 존경해."

민아는 자기 손을 내려보다가 시선을 창밖으로 넘겼다.

"갑자기 하루아침에 걸을 수 없게 됐는데도 동수는 웃어. 자기를 바라보고 있는 가족들한테 예전과 다름없이 밝고 쾌활해. 그거 진짜 대단한 거해."

왜일까. 이 아름답고 인품도 훌륭한 아이는 암이라는 무서운 병에 걸렸고 휠체어를 타고 있는 애는 하반신이 마비되었다. 그런데도 혜주는 왜 이들보다 자신이 더 불행하다고 느끼는 걸까.

자신이 세상에서 가장 불행한 인간처럼 느껴질 때면 혜주는 불행 배틀 영상을 봤다. 영상 속에서 누가 더 불행하냐를 놓고 치열한 경쟁이 벌어졌다. 사람들은 가장 불행하다고 생각하는 사람에게 별풍선을 몰아줬다.

최근에 혜주가 별풍선을 준 남자는 목 부분이 다 늘어난 후줄근한 티를 입고서 자기 집을 차근히 보여줬다. 곰팡이가 시커멓게 낀 벽지를 지나자 뜬금없이 방 중앙에 위치한 변기가 나왔다. 수세식이긴 하나 쭈그리고 앉아서 볼일을 봐야 하는 변기가 화장실도 아니고 정말 방 중앙에 덩그러니 있었다. 문도 칸막이도 없이 말이다. 버캐가 잔뜩 낀 변기를 보자마자 댓글이 폭주했다. 혜주도 남은 용돈을 탈탈 털어 별풍선을 보냈다.

혜주는 궁금했다. 말도 안 되게 형편없는 집에 사는 그 남자와 자신 중에 누가 더 불행한 사람일까. 동시에 이런 저질 같은 비교를 하고 있는 자신에게 지독한 역겨움을 느꼈다.

"너 죽는 거 아니지?"

혜주가 불쑥 던진 질문에 민아는 바람 빠지는 소리를 내며 웃었다.

"끝까지 싸워봐야지."

민아는 두 주먹을 불끈 쥐었다. 그러더니 말을 이었다.

"소아암이 성인암보다 치료가 더 잘된대. 암세포 자라는 속도가 빨라서 오히려 치료가 더 잘된다네. 회복력도 빠르고."

천만다행이네. 혜주는 속으로 혼잣말을 했다.

"아까 걔 이름이 뭐라고 했지?"

"동수."

"다음에 걔랑 만날 때 나도 끼워줘."

호기심 어린 눈빛으로 민아는 혜주를 쳐다봤다.

"네가 존경하는 애라면 한 번 더 만나도 괜찮을 것 같아서."

혜주의 말에 민아는 부드러운 미소를 지었다. 한 번 보면 또 보고 싶은 그런 미소였다. 세상에서 좋아하는 것이 왜 딱세 개냐고, 더 만들어보라고 부추기는 듯한 미소였다.

"나 먼저 갈게."

민아가 링거대를 끌고 사라졌다.

혜주가 병실로 돌아왔더니 엄마가 와 있었다. 혜주는 손에 들고 있던 핸드폰을 얼른 주머니에 넣었다.

"맨날 어딜 그렇게 싸돌아다녀?"

잔소리 폭격 시작이다. 혜주는 변명을 할까 말까 망설이다가 그냥 대답을 피했다. 같이 병실을 쓰는 사람이 있을 때 엄마는 천사가 따로 없지만 이렇게 혜주와 단둘이 있을 때는 악마 조교가 되었다.

"인강도 좀 듣고 책도 좀 읽으라니까. 입원할 때마다 공부 흐름 끊겨서 걱정돼 죽겠는데 넌 걱정도 안 되니?"

그런 거 안 하려고 여기 오는 건데요. 그렇게 대꾸하고 싶은 걸 참고 혜주는 침대에 드러누웠다. 엄마는 혜주의 물건을 자기 멋대로 정리하면서 화를 벌컥 냈다. 그냥 좀 내버려두지. 내 스타일대로 정리해둔 건데.

"지난달에도 병원비가 얼마나 나왔는지 알아? 공부를 못하면 몸이라도 튼튼해야지. 으휴, 지겨워."

그러게 누가 2인실 쓰자고 했어요? 그리고 어차피 병원비 전부 보험 회사에 청구하는 거 모를 줄 알아요?

쏘아붙이고 싶은 말이 한 트럭이었지만 혜주는 눈을 질끈 감고 에어팟을 꼈다. 베개맡에 있던 핸드폰을 쥐고 노이즈캔슬링을 켜자 쩌렁쩌렁 울리던 엄마 목소리가 개미 목소리처

럼 작아졌다. 그런데도 그 사이로 엄마 말이 또박또박 들렸
다. 혜주는 노래를 재생시켜 볼륨을 최고로 높였다.

*

혈액암을 진단받은 충격이 채 가시지 않았을 때 골수 검사
를 했다. 굵은 주삿바늘이 골반을 찌르는 순간 민아는 어금
니를 다부지게 물었다. 비명을 지르지도, 신음 소리를 내지도
않았다. 비명을 지르거나 신음 소리를 내면 이 병에 질 것 같
았다. 민아는 병에 지고 싶지 않았다. 병원이 환자에게 줄 수
있는 최고의 고통 중 하나가 골수 검사라는 사실을 알게 된
것은 이후의 일이었다.

'너 진짜 독하다.' 선배 연기자들이 종종 말했다. 민아는
어떤 상황이든 견디고 참았다. 참는 거 하나만큼은 자신 있었
다. 엄청난 대기 시간을 버텼다. 한겨울 차가운 강물에 빠지
는 신을 찍고도 웃어댔다. 집에 돌아가고 싶은 고비를 하루에
열두 번 넘겼다. 카메라 앞이 싫었다. 가끔은 카메라도, 스태
프도, 함께 연기하는 배우들까지도 무서웠다. 매일 도망치고
싶은 마음과 싸워야만 했다.

단역 생활을 하며 구를 대로 굴렀다. 덕분에 강해진 줄 알
았는데 아니었다. 민아는 내일이 두려웠다. 항암제는 핵폭탄
이다. 건강한 세포까지 공격한다. 1차 항암때 주삿바늘 통로

를 만들었다. 중심 정맥관을 뚫은 거다. 아이언맨을 닮은 주치의는 정맥관을 카테터라고 부른다고 설명했다. 그걸 뭐라고 부르는지 알고 싶지도, 궁금하지도 않았다.

몇 달 전부터 엄청난 피로감에 시달렸다. 체육 시간에 자주 현기증을 느꼈다. 입맛이 없고 시시때때로 피부가 가려웠다. 틈만 나면 입 안에 구내염이 생겼다. 이 모든 것들이 전조현상인 것을 그때는 알지 못했다.

항암을 받는 동안 코를 푸는 것도, 피를 흘리는 것도 조심해야 한다. 대장이 약해져 있으니 사과 껍질도 먹지 말아야 한다. 한 번 멍이 들면 잘 사라지지 않으니 늘 주의를 기울여야 한다.

친절한 블로그 덕분에 민아는 앞으로 남은 치료 과정까지 세세히 알아버렸다. 곧 머리카락이 빠질 것이다. 그러니 삭발을 해야 할 것이다. 항암제가 몸에 누적되면 밥을 먹지 못할지도 모른다. 입 안이 다 망가지거나 구역질을 달고 살지도 모른다. 미친 듯이 토를 하거나 물을 마실 때 입에서 약 냄새가 진동할지도 모른다. 조혈모 이식을 받게 될 경우 무균실에 갇힐 거다. 무균실은 이제 민아가 가장 두려워하는 곳이 되었다. 엄청난 고립감은 물론이고 지독한 우울과 싸워야 할 테니까. 마지막 블로그에서 읽은 문장은 아직까지 전혀 위안이 되지 않고 있다.

'항암 부작용은 사람마다 매우 다릅니다.'

몇 차 항암 치료까지 해야 이 여정이 끝날까? 이 치료 과정에 끝이 있긴 있을까?

이번에도 도망가기는 글렀다. 도망갈 수 없다면 맞서 싸워야 했다. 싸우는 게 힘들다면 무조건 버텨야 했다. 그게 또래보다 일찍 사회생활을 시작한 민아의 원칙이었다. 민아가 잠든 줄 알고 밤마다 흐느끼는 엄마를 생각해서라도 병에 질 수 없었다. 하반신이 마비된 순간부터 지금까지 미소를 잃은 적 없는 동수를 생각해서라도 그럴 수 없었다.

"다 엄마 탓이야. 엄마 잘못이야."

뜬금없이 엄마가 자기 탓을 할 때마다 민아는 목청을 높여 말했다.

"그만 좀 해. 의사 선생님 말 기억 안 나?"

첫 만남 때 아이언맨은 엄마를 바라보며 진지한 말투로 말했다. 누구의 잘못도 아니니 자책하지 말라고. 이런 일들은 그냥 일어나는 거라고.

그런데도 엄마는 자주 울었다. 병원에 오면 민아의 손을 매만지며 하염없이 눈물을 떨어뜨렸다.

"엄마가 너 얼마나 고생했는지 알아. 세상 사람 다 몰라도 엄마는 알아."

민아는 가녀린 엄마의 팔을 끌어당겨 안아주었다.

"엄마만 알아주면 돼. 난 그럼 돼."

자식이 큰 병에 걸리면 부모는 제일 먼저 자기 탓을 한다는 비밀을 들려준 사람은 유튜버였다. 그걸 알면서도 민아가 해줄 수 있는 일은 없었다. 엄마가 자기 몰래 울음을 터뜨리면 자는 척을 하는 것 말고는. 자꾸 무너지려고 하는 엄마를 따뜻하게 안아주는 일 말고는.

동수가 톡을 보냈다. 할 말이 있으니 2층에서 보자고 했다. 동수가 있는 병실에 갔더니 휠체어에 앉은 동수가 복도에 나와 있었다. 급한 일인가? 민아는 동수가 있는 곳으로 좀 더 빨리 걸어갔다.

"무슨 일 있어?"

민아는 내심 동수가 발가락을 움직였다는 기쁜 소식을 들려주지 않을까 기대했다. 그런 민아의 마음을 아는지 모르는지 동수는 휠체어를 움직이느라 바빴다.

"어디 가는데?"

"따라와봐."

제법 근력이 붙었는지 휠체어를 앞으로 죽죽 밀고 나가는 동수를 민아는 부지런히 따라갔다. 동수가 일주일에 네 번 가는 신관 1층 재활치료실을 지나쳐 계속 걸었다. 신관의 가장 끄트머리까지 가더니 동수가 갑자기 방향을 홱 틀었다. 민아는 지금 가고 있는 곳이 어디인지, 동수가 하고 싶다는 말이 뭔지 궁금해서 가슴이 두근거리기 시작했다.

동수가 멈춰 선 곳은 엘리베이터 앞이었다. 두 개의 엘리베이터를 지나쳐 신관의 끝, 그것도 가장 안쪽에 위치한 엘리베이터에 휠체어를 딱 세우고는 버튼을 눌렀다. 엘리베이터 가 오기를 기다리는 동안 동수가 민아를 올려다봤다.

"항암 언제 들어가?"

"내일."

"긴장돼?"

"별로."

진심일까? 민아는 자신의 말을 확신할 수 없었지만 너무 긴장된다고 말하고 싶지 않았다. 첫 번째 항암은 그럭저럭 잘 버텨냈지만 그렇다고 2차 항암이 덜 힘들 거라고 말할 수 없 었다. 뒤로 갈수록 더 고통스럽다는 블로그 글과 유튜브 영상 을 수십 개도 더 봤으니까.

"하여튼 강심장이야."

동수는 고개를 절레절레 저어댔다. 그런 동수를 힐끔거리 다가 민아가 어렵게 말을 꺼냈다.

"혜주가 미안한가 봐. 다음에 너 볼 때 자기도 불러달라고 했어."

동수는 코끝으로 내려온 안경을 손등으로 추켜올렸다.

"이유가 뭐야?"

"뭐가 뭐야?"

"원래 사람들한테 쌀쌀맞게 못 하는 성격인 건 아는데 유 독 그 애한테 더 쩔쩔매는 것 같아서. 약점 잡힌 거 있냐?"

민아가 두 손을 맞잡아 손가락 마디를 천천히 문질렀다.

"좀 아픈 것 같아서."

"어디가? 너무 멀쩡하던데?"

"마음이."

대꾸할 말을 찾지 못한 채 동수는 얼룩덜룩한 안경을 다시 올렸다.

"몸이 아프면 정해진 치료 과정이 있잖아. 근데 마음이 아픈 건 그런 게 없으니까."

동수는 다시 머리를 흔들어댔다.

"가끔 보면 넌 백 살 같아. 아니다, 이백 살."

그 말에 민아가 푸하하 웃음을 터뜨렸다. 통쾌한 웃음소리에 동수도 덩달아 피식 웃어버렸다.

엘리베이터 문이 열렸다. 아무도 없었다. 동수가 휠체어를 끌며 먼저 타고 뒤따라 민아도 탔다. 동수는 번호판에 휠체어를 바짝 붙여 대고는 팔을 쭉 뻗어 가장 꼭대기 층인 10층 버튼을 겨우 눌렀다.

"이상하지 않아?"

동수가 민아와 번호판을 번갈아 쳐다봤다.

"뭐가?"

"번호판 말이야."

동수의 가느다란 손가락이 번호판 맨 위를 가리켰다.

"비상 버튼이 하나가 아니라 두 개잖아."

그 말에 민아는 동수 휠체어 옆으로 다가가 번호판을 쳐다봤다. 진짜였다. 보통 번호판 맨 위에 달랑 하나만 있는 노란색 비상 버튼 옆으로 파란색 비상 버튼이 한 개 더 있었다.

"진짜 두 개네."

"번호판이 하나인 것도 이상해. 요즘 거의 다 두 개잖아."

"옛날에 만들어진 엘리베이터 아닐까?"

"여기 신관인데?"

동수는 손등으로 턱에 난 짧은 수염들을 문지르며 말했다.

"저거, 눌러보고 싶어."

민아는 흠칫 놀라 눈을 크게 떴다.

"멀쩡한데 비상 버튼을 왜 눌러?"

동수의 휠체어가 뒤로 물러났다. 번호판과 휠체어 사이에 공간이 생겼다.

"뭔가 있어. 냄새가 난다고."

민아는 이상한 확신이 깃든 동수의 눈빛을 잠깐 보다가 의심의 눈초리로 째려봤다.

"있긴 뭐가 있어. 번호판 만드는 공장에서 실수한 거지."

그때 동수의 날카로운 눈빛이 안경알을 뚫고 민아에게 닿았다.

"너도 알다시피 난 원래 엘리베이터 번호판 같은 거 보고 다니는 애가 아니었어. 이거 타고 다닌 후로 사람들이 하도 날 쳐다보니까 할 수 없이 번호판을 들여다본 거지. 그 덕에 본의 아니게 번호판 귀신이 됐고."

엘리베이터가 10층에 도착했다. 동수는 내릴 생각이 없었다. 다시 1층 버튼을 눌렀고 문이 닫혔다.

"숫자 아래에 점자가 있다는 걸 알게 된 후에 점자를 익혔거든. 이 번호판에 있는 점자는 순 엉터리야. 하나씩 밀려 있어. 그게 다가 아니야. 저 사다리 보관함 그림을 봐."

동수 말에 민아는 뒷걸음질 쳐 문 왼편에 있는 사다리 보관함을 태어나 처음으로 내려다봤다. 모자를 쓴 사람이 사다리를 타고 있는 형상이 그려져 있었다. 그 아래로 사다리 보관함이라는 글씨가 선명히 적혀 있었다.

"여기 안에 진짜 사다리가 있어?"

"비상시를 대비해서. 그림이 이상하지 않아?"

"모르겠는데."

"사다리가 두 개잖아."

"그럼 다른 엘리베이터는?"

"하나지. 전부."

1층입니다. 상냥한 안내음 뒤로 동수의 진지한 목소리가 울려 퍼졌다.

"이상한 건 또 있어."

동수는 호기심이 가득한 눈빛으로 민아를 올려다봤다.

"사다리 보관함 글씨."

동수 말이 끝나기 무섭게 민아는 허리를 숙여 글씨에 코를 가까이 댔다.

"함의 'ㅁ'자 잘 봐봐. 좀 이상하지?"

"반짝이긴 하네. 빛을 받아서 그런 거 아닐까?"

무심한 민아 목소리에 동수는 한숨을 짧게 내쉰 후 말했다.

"이 엘리베이터에는 비밀이 있어. 분명해."

*

문이 스르륵 닫혔다. 동수는 다시 10층을 눌렀다. 민아는 사다리 그림을 보다가 'ㅁ'자를 한참 내려다봤다. 잠시 후에는 번호판이 있는 오른편으로 다가갔다. 하나라도 놓칠 수 없다는 듯 번호판에 얼굴을 가까이 들이댔다. 그 모습을 뒤에서 지켜보면서 동수는 어쩐지 흐뭇했다. 누구도 발견하지 못한 땅을 처음 발견한 사람의 마음도 이렇게 뿌듯하지 않았을까 싶었다.

"네 말이 맞는다 쳐. 뭘 하고 싶은 건데?"

"아까 말했잖아. 저걸 눌러보고 싶다고."

동수는 손가락으로 파란색 비상 버튼을 정확히 가리켰다.

"지금 당장?"

동수가 고개를 한 번 끄덕이자 민아가 침을 꼴깍 삼켰다.

"잠깐만. 생각할 시간이 필요해."

민아 말에 동수는 고개를 갸웃거렸다.

"천하의 추민아가 쫄았네. 저거 누르면 엘리베이터가 확

1층으로 추락할까 봐 겁나는 거냐?"

동수가 낄낄거리자 민아가 매서운 눈빛으로 흘겨봤다.

"그게 아니라 엘리베이터가 고장 나기라도 하면……."

"난 겁 안 나."

웃음을 뚝 멈춘 동수의 목소리는 한없이 낮고 어두웠다.

"어쩌면 말이야, 무슨 일이 생기기를 내심 바라는지도 몰라."

"뭐?"

민아는 원래도 큰 눈을 더 크게 치떴다. 부리부리한 눈동자를 굴리며 동수 쪽으로 한 걸음 다가섰다. 따발총을 난사하듯 다다다다 따지려는 순간 10층에 도착한 엘리베이터 문이 열렸다. 마스크를 낀 사람이 엘리베이터에 올라탔다. 다른 엘리베이터에 비한다면 이용자가 적은 편이라 할지라도 아예 없는 건 아니구나, 그런 생각을 하다가 동수는 번호판을 다시 바라보려 시선을 들어 올렸다. 그러다 동수를 하염없이 노려보고 있던 민아와 눈이 딱 마주쳤다. 동수와 민아 사이에 서 있는 낯선 사람 때문에 할 말이 많지만 하지 않고 있을 뿐이라는 듯 민아는 터지기 일보 직전의 시한폭탄처럼 얼굴이 시뻘게졌다.

오늘은 이만 후퇴해야겠다. 1층에 도착해 마스크 낀 사람이 내리는 순간 동수도 휠체어를 잽싸게 밀었다.

"나 늦어서 간다."

"야, 이동수!"

등 뒤로 쏟아지는 민아 목소리를 뒤로하고 동수는 힘껏 휠체어 바퀴를 밀었다. 고개를 살짝 돌려 뒤를 돌아다봤다. 허리춤에 한 손을 올리고 씩씩대던 민아가 쌩하고 돌아섰다. 휴, 동수는 속으로 안도의 숨을 내쉬었다. 엄마의 잔소리만으로도 머리가 어지러운데 민아의 잔소리까지 들을 여력이 없었다.

휠체어 바퀴가 점점 속도를 줄이더니 그만 멈췄다. 재활치료실 안내판이 보이는 곳에 멈춰 서서 동수는 눈을 감았다. 죽어도 들어가기 싫다. 그래도 가야 한다. 아니, 싫다. 가고 싶지 않다. 안 가면 엄마한테 죽겠지. 재활을 받아도 죽음, 안 받아도 죽음이라면 그냥 죽어버릴까?

그 이상한 버튼이 마지막 남은 구원처럼 다가왔다. 버튼을 누르는 순간 엘리베이터가 1층으로 곤두박질친다. 쿵, 하고 뭔가가 산산이 부서지고 조각날 때 자기 몸도 깨끗이 사라지면 어떤 기분일까. 이 몸으로는 혼자 죽을 수도 없으니 그 엘리베이터가 자신에게 마지막 희망일 수도 있다.

휠체어 신세라 아무리 팔을 뻗어도 비상 버튼에 손이 닿지 않았다. 그래서 민아한테 말한 거다. 기다란 막대나 눈금자를 확보해봐야겠다. 병원을 샅샅이 뒤져서라도 구하고야 말 테다.

금요일. 누구한테는 불타는 금요일일 텐데 동수에게는 한숨만 나오는 날이다. 일주일에 세 번 재활 치료를 받는다. 호흡 치료, 수중 재활 치료, 로봇 치료, 작업 치료 등등 참으로 종류도 많다. 그중 가장 싫어하는 것이 기립기 치료인데 하필이면 오늘이 딱 그날이다.

경사대라고도 불리는 기립기에 몸을 꽁꽁 묶고 천천히 각도를 높인다. 어지럽다. 속이 울렁인다. 온몸의 땀구멍이 열린 사람처럼 땀이 쏟아진다. 금방이라도 욕이 튀어나올 것 같다. 토가 나올 정도로 힘들다. 휠체어나 침대에 붙박여 있던 동수 몸이 유일하게 서는 감격적인 순간. 하지만 다리에 피가 제대로 돌지 않아 어지럼증이 심하게 올라온다. 정신을 잃고 쓰러진 적도 많다. 달리겠다는 것도 아니고, 걷겠다는 것도 아니고 잠깐 서 있겠다는 건데 그걸 이 몸뚱어리가 못 버틴다. 답답하고 환장할 노릇이다.

재활의 골든타임은 3개월이다. 엄마는 입만 열면 죽을 둥 살 둥 힘을 짜내 재활을 받아야 한다고 강조한다. 아직 신경이 살아 있을 거라고, 발가락을 움직일 수 있을 거라고 철석같이 믿는다. 어떤 순간에도 희망의 끈을 놓을 수 없는가 보다. 물론 엄마를 이해한다. 하느님, 부처님, 알라신 등 자신이 부여잡을 수 있는 모든 신에게 자식의 두 다리를 돌려달라고 기도하는 엄마를 말릴 수는 없다. 하지만 정작 동수는 어떤 신도 섣불리 믿지 못한다. 그저 쾌활한 웃음 뒤로 무섬증을 꽁꽁 숨긴다.

온몸이 덜덜 떨리는 재활 치료를 받는다고 나아질까? 지금까지 돌아오지 않은 신경이 갑자기 돌아올까? 다시 걸을 수 있을까? 동수 안에서 의심이 눈덩이처럼 불어났다.

치료실에서의 일분일초는 동수에게 쉴 새 없이 말을 걸었다. 다시 걸을 수 없을지도 모른다고. 포기하는 게 마음 편할지도 모른다고. 어쨌거나 땀을 뻘뻘 흘리다가 어지럼증에 기절을 하는 일에는 절대 익숙해질 수 없었다. 완전히 달라진 몸을 마주할 때마다 동수는 내면의 깊은 동굴에서 울려 퍼지는 목소리를 듣고야 말았다.

넌 네가 걸을 수 있을 거라 믿냐? 그런 기적이 세상에 있다고 믿어? 헐, 순진한 새끼.

그렇게 그나마 붙들고 있던 작은 희망의 끈이 사정없이 잘려나가는 소리를 들어야만 했다. 그래서 동수는 이곳이 싫었다. 딱 지옥처럼 느껴졌다.

엄마는 움직이지 못하고 뻣뻣하기만 한 동수의 두 다리를 꼭 붙잡고 매일 밤 기도문을 외웠다. 몇 날 며칠을 조르고 졸라서 먹고 싶은 케이크를 먹은 날 밤, 엄마는 보조 침대에 눕기 전 작은 목소리로 말했다.

"동수야. 친구들 보고 싶지 않니?"

"별로."

괜히 장난을 쳐서 사람을 이렇게 만들었다는 죄책감으로 딱딱하게 굳어 있는 친구들을 만나는 일은 동수가 재활 치료 다음으로 싫어하는 일이었다. 보고 싶은 친구도 없었고 만나

서 할 말도 없었다. 앞으로 죽죽 나아가는 애들과 휠체어에
여전히 못 박혀 있는 사람이 나눌 수 있는 공통 화제는 얼마
없었다.

"동수야. 엄마가 요즘 가장 좋아하는 말이 뭔지 아니?"

동수는 가만히 엄마의 다음 말을 기다렸다.

"전화위복이야."

"전……복?"

"나쁜 일이 일어난 줄 알았는데 알고 보니 그 덕에 좋은 일
이 생긴다는 뜻이야."

동수는 대답 대신 엉뚱한 말을 늘어놓았다.

"케이크 개맛있다. 내일 또 사줘."

"알았어."

그렇게 말하며 엄마는 동수의 까까머리를 천천히 쓰다듬
었다. 동수를 바라보며 웃어주는 엄마의 미소가 너무 환하고
맑아서 가슴이 찌릿했다. 동수는 히죽 웃다가 안경을 벗고 눈
을 감았다.

나쁜 일 때문에 좋은 일이 생긴다고? 그럼 조만간 나한테
좋은 일이 생긴다는 건가? 너무 나쁜 일이 생겨버렸는데, 어
떤 일이 생겨도 그걸 뒤집을 수 없는데 거기에 좋은 일이 생
겨서 뭐 하게?

동수는 자기 마음을 가득 채우고 있는 냉소와 절망을 고스
란히 느끼며 밤새 잠에 들지 못하고 뒤척였다.

*

이틀 동안 꼼짝없이 자신을 감시하는 엄마 때문에 혜주는 가슴이 답답해 미쳐버릴 것 같았다. 의사 선생님이 회진을 왔을 때도 혜주는 엄마가 옆에 있다는 사실이 못마땅했다. 동생이 한 학기 동안 언어 연수를 가버린 바람에 엄마는 24시간 혜주 곁에 딱 붙어 있었다.

"퇴원해도 되겠네요."

의사가 차트와 혜주 얼굴을 번갈아 보다가 말했다.

"저 아직 아픈데요."

"어디가 불편한데?"

"속도 안 좋고……."

엄마는 혜주의 말을 무참히 잘랐다.

"선생님이 퇴원해도 된다잖아. 얘가 과장이 심해요. 아픈 걸 조금도 못 참아요."

엄마는 혜주를 흘겨보다가 의사 선생님한테 미소를 지어 보였다.

"선생님 말대로 할게요."

의사는 여전히 무뚝뚝한 얼굴로 고개만 끄덕였다.

"검사 결과 다 좋아요. 내일 퇴원하세요."

"알겠습니다."

며칠만 더 있고 싶었는데. 민아랑 더 친해질 수 있는 절호

의 기회인데. 엄마는 혜주에게 입도 뻥긋 못하게 했지만 혜주
는 어떻게든 방법을 마련하겠다고 다짐했다.

시골에서 갑자기 할머니가 올라왔다. 할머니한테 가봐야
한다며 엄마가 병실을 나서자마자 혜주는 속으로 '아싸'를
외쳤다. 드디어 자유다. 역시 할머니는 늘 혜주에게 구세주
다. 엄마가 혜주의 핸드폰까지 샅샅이 감시한다고 꼰지르자
할머니는 엄마 몰래 혜주에게 핸드폰을 따로 사주고 요금까
지 내줬다. 혜주는 엄마가 없을 때 쓰는 핸드폰을 챙겨 병실
을 조용히 빠져나왔다.

민아 병실은 멀지 않았다. 4인실을 쓴다고 했다. 혜주는 민
아 이름을 확인하고는 문을 두드렸다. 조용히 문을 열었을 때
창가 가까이에 있는 침대에서 책을 읽고 있는 민아가 보였다.
혜주는 침대 근처에 있는 의자를 당겨 앉았다.

"뭐 읽어?"

민아는 책 제목이 잘 보이도록 표지를 혜주 쪽으로 돌려줬다.

"『꽃들에게 희망을』? 윽, 애벌레 이야기지?"

"뭐?"라고 대꾸한 후 민아는 혼자 빵 터져 꺽꺽 웃어댔다.

"맞잖아. 징그러운 애벌레 기둥 나오잖아."

혜주는 억울하다는 듯 아랫입술을 툭 내밀었다.

"앞만 읽다가 말았구나?"

민아는 뭐가 그렇게 웃긴 건지 끅끅거리며 웃다가 눈가에
삐져나온 눈물을 손등으로 닦아냈다. 자기 때문에 누군가가

해맑게 웃어대는 걸 처음 경험하는 혜주였다. 예상과 달리 전혀 기분 나쁘지 않았다.

책을 싫어하는 혜주였지만 학교 필독서를 건너뛰기는 쉽지 않았다. 초등학생 때 『꽃들에게 희망을』은 필독서였다. 독후감 과제를 위해 책을 펼쳤다. 다른 애벌레를 밟거나 혹은 짓밟히면서 주인공 애벌레는 거대한 애벌레 기둥 사이를 헤맨다. 호랑 애벌레는 지나가면서 만난 수많은 애벌레 중 하나에게 묻는다.

"저 꼭대기에는 뭐가 있는데?"

돌아오는 대답은 허무했다.

"그건 아무도 몰라."

꿈틀거리며 버둥거리는 애벌레 기둥이 징그러워 책을 탁 덮었다. 당장 책을 끝까지 읽으라는 엄마의 불호령이 떨어졌다. 어린 혜주는 평소 웬만한 일에는 떼쓰는 법이 없었지만 그날은 책을 읽기 싫다고 펑펑 울었다. 하는 수 없이 독후감 과제는 엄마가 대신 했다.

혜주는 친구도 자기 마음대로 고르지 못했다. 엄마가 골라준 친구와 어울려야 용돈을 받을 수 있었다. 엄마는 꼭 혜주보다 성적이 좋은 친구들을 골랐다. 집까지 초대해 요리를 대접했고 걔들과 같이 다닐 수 있는 학원과 과외 수업을 연결해줬다. 엄마가 고른 친구들과 놀러 가겠다고 하면 어디든 오케이였고 용돈도 넉넉히 줬다.

학원에서 월말 고사가 있는 날이면 엄마는 유난히 더 혜주를 챙겼다. 부정을 타지 않도록 혜주의 옷매무새를 점검했다. 따뜻한 유자차가 담긴 보온병을 잊지 않고 내밀었다. 그러면서 엄마가 건네는 말들은 무시무시했다.

이번엔 성적 분명히 오를 거야. 예감이 좋아. 그동안 널 무시했던 인간들 코를 납작하게 눌러버려. 하나씩 제쳐서 인서울 해야지. 다 밟아버려.

"나 내일 퇴원해."

민아가 책을 소리 나게 탁 덮었다.

"축하해."

아니. 이건 축하할 일이 아니란다. 한참 잘못 짚었어. 너의 퇴원과 나의 퇴원은 의미가 많이 다르단다.

어떤 말을 해도 민아를 이해시킬 수 없을 거라는 생각에 혜주는 입을 다물었다. 읽던 책 사이로 손가락을 끼워 넣은 채 다른 손으로 책 표지를 가만히 쓰다듬는 민아를 물끄러미 바라봤다. 창밖을 통해 들어온 오후의 햇살이 민아의 손등을 새하얗게 비추고 있었다. 그러고 있는데 병실 문을 노크하는 소리가 들렸다. 민아 건너편에 비스듬히 앉아 있던 환자가 "네."라고 대꾸했다. 문이 열리며 택배 기사가 모습을 드러냈다.

"추민아 님?"

"네?"

택배 기사가 과일 바구니를 내밀었다. 바구니를 받기 전

민아는 얼결에 책을 혜주 쪽으로 넘겼다. 혜주는 엉겁결에 한 손으로 책을 받아들었다. 햇빛이 닿았던 책 표지가 은근히 따뜻했다.

"누가 보낸 거야?"

혜주가 물어보자 민아는 그제야 "아." 하며 바구니 중심부에 달린 리본을 확인했다. 그곳에 적힌 글씨가 혜주 눈에 와락 달려들었다.

"김보라? 대박. 공주가 보낸 거야?"

책을 들지 않은 손으로 혜주는 바구니를 덥석 만졌다. 민아가 부러웠다. 보라처럼 유명한 애와 친분이 있는 것도, 아픈 환자라는 이유로 선물을 챙겨주는 사람이 있다는 것도, 자신처럼 억지로 퇴원을 하지 않아도 된다는 것까지 전부 다 부러웠다.

선물 바구니에 들뜬 혜주와 달리 민아는 표정이 좋지 않았다. 선물이 작아서 서운한 건가? 과일 바구니는 결코 작지 않았다. 이렇게 엄청나게 큰 선물 바구니를 혜주는 실물로 처음 봤다.

"너 진짜 보라랑 친하구나."

혜주 말을 들었는지 못 들었는지 민아는 아무 대꾸 없이 한참 동안 바구니를 보기만 했다. 그러더니 갑자기 바구니의 비닐 포장을 거칠게 뜯기 시작했다. 맨 왼쪽에 가지런히 놓인 바나나 한 송이를 들어 혜주에게 내밀었다.

"너 바나나 좋아한다며."

그걸 잊지 않았다는 사실에 혜주는 또 한 번 좀 감동했다. 한 손에는 바나나를, 다른 손에는 책을 들고 민아를 바라봤다. 살포시 미소 짓는 민아를 보고 싶었지만 민아는 여전히 약간 굳은 얼굴로 과일 바구니에 있는 내용물을 하나씩 꺼냈다. 병실을 같이 쓰는 환자들에게 과일을 다 나눠줄 때까지 민아는 웃음기 없는 얼굴이었다.

*

선물 바구니를 보낸 보라의 의도가 뭔지 알 수 없어 민아는 좀 찜찜했다. 〈최고의 공주〉에서 민아는 조연에 불과했지만 민아 입장에서는 비중이 큰 역이었다. 대사가 제법 있었으니까. 촬영 현장에 쌔고 널린 말단 조연까지 신경 써주는 주연 배우는 극히 드물었는데 보라는 달랐다. 아역 배우인데도 겸손했고 사람들을 세심히 챙겼다. 당연히 보라의 평판은 훌륭했다. 그런 보라가 유일하게 냉랭하게 대한 사람이 바로 민아였다. 보라의 팬클럽에서 보내준 도시락이 민아한테는 오지 않았고 민아가 엔지를 내면 유독 보라의 한숨 소리가 크게 났다. 왜 자신한테만 보라가 냉정하게 구는지 그 이유를 민아도 알 수 없었다. 그런 보라가 왜 자신한테 과일 바구니를 보냈을까? 뭣 하러?

"퇴원 전에 동수한테 인사할래?"

민아가 물었고 혜주는 고개를 크게 끄덕였다. 민아는 동수에게 톡을 보냈다. 혜주는 자기 병실에 바나나를 가져다 둔 다음 휴게실에 있는 민아에게 달려왔다. 둘은 카페로 가서 딸기바나나를 세 개 시켰다. 주문한 음료가 나올 때쯤 동수의 휠체어가 멀리서 등장했다.

민아는 천천히 다가오는 동수를 뚫어져라 쳐다봤다. 동수가 자기 몰래 그 엘리베이터를 타러 갔을까 봐, 기다란 막대 같은 것을 구해 파란색 비상 버튼을 누르는 해괴망측한 짓을 혼자 저질렀을까 봐 이틀을 꼬박 끙끙 앓았다.

"꾀병 친구랑 또 있네."

동수의 짓궂은 말에 혜주가 발끈할 거라 생각했는데 어쩐 일인지 혜주는 별다른 대꾸 없이 딸기바나나를 먹는 일에만 집중했다. 민아는 빨대를 질겅질겅 씹느라 바빴다. 머릿속이 정신없이 바빴다. 동수와 혜주가 2차전을 하면 어떻게 말리지? 동수에게 엘리베이터 일을 물어봐 말아? 누군가의 퇴원 소식에 민감한 동수인데, 혜주의 퇴원 소식을 알릴까 말까?

빨대를 뱉어내면서 민아는 기습적으로 물었다.

"너 거기 또 갔어, 안 갔어?"

민아의 기습 공격에 동수의 동공이 흔들렸다.

"안 갔어."

"정말이야?"

"진짜. 구라 아님."

혜주가 숨도 쉬지 않고 빨아올리던 빨대를 입에서 빼며 민아의 팔을 톡 쳤다.

"거기가 어딘데?"

이번에는 혜주의 기습 공격이었다. 동수와 민아는 재빠르게 눈짓을 교환했다.

말해도 될까?

괜찮지 않을까?

문제 생기면 어떡해?

무슨 문제?

지금 가장 큰 문제는 너라는 걸 아직도 모르겠어?

내가 왜?

"그게……."

민아는 머뭇거리다가 결국 혜주에게 이상한 엘리베이터에 대한 이야기를 털어놓았다. 오랜만에 흥미로운 이야기를 듣는 사람처럼 혜주는 귀를 쫑긋 세웠다. 단어 하나라도 놓칠 수 없다는 듯이 미간을 찌푸리면서 말이다.

"가보자."

민아의 이야기가 끝나자마자 혜주는 재빨리 일어나 소리쳤다.

"지금?"

"지금!"

예상과 달리 적극적으로 나오는 혜주 모습에 동수는 신이 나는지 헤벌쭉 웃기 바빴다. 혜주가 앞장서 걸어갔다. 동수도 휘파람을 부르며 뒤를 따랐다. 민아는 남은 딸기바나나를 호로록 마신 후 꼴찌로 움직였다.

민아는 고개를 뒤로 홱 젖혀 천장을 잠시 바라봤다. 혜주에게 솔직히 털어놓은 것이 잘한 일이었는지 모르겠다. 오늘따라 동수는 초등학생 아들 같고, 혜주는 사춘기가 와서 단단히 삐뚤어진 반항아 같다. 예감이 좋지 않다. 뭔가 일이 단단히 꼬여 간다는 느낌이 뒤통수에 끈질기게 들러붙는다.

세 명이 나란히 엘리베이터 앞에 섰다. 혜주는 뭐가 특이한지 모르겠다는 눈빛으로 엘리베이터를 훑어봤다. 동수는 신나는 음악을 듣고 있는 사람처럼 손가락을 쉴 새 없이 까닥거렸다. 민아는 오른발을 달달 떨었다. 안내판의 숫자가 점점 1에 가까워졌다. 상냥한 안내음이 들리고 문이 천천히 열렸다. 동수가 먼저 탔고 그다음은 혜주였다. 민아는 열림 버튼을 꾹 누르다가 마지막으로 탔다.

"보이지? 저 파란색?"

동수 말에 혜주는 고개를 살짝 올렸다. 파란색 비상 버튼을 보며 혜주는 "진짜네."라고 작게 말했다. 한 번도 투닥거린 적 없는 사람들처럼 동수와 혜주는 살갑게 말을 주고받았다.

"눌러보고 싶지 않냐?"

"그러게."

민아가 다급히 끼어들었다.

"안 된다니까."

혜주가 어리둥절한 얼굴로 민아를 바라봤다.

"왜 안 돼?"

아주 그럴듯하고 논리적인 대답을 하고 싶어 민아가 말을 고르는 사이 혜주는 눈을 끔벅이다가 곧바로 파란색 버튼을 꾹 눌러버렸다.

"야!"

민아가 소리쳤고 이상한 멜로디가 흘러나왔다. 예전에 봤던 공포 영화 주제곡을 닮은 벨소리에 민아는 귀를 손으로 틀어막았다. 엘리베이터가 멈추거나 추락할지도 모른다는 생각에 민아는 그대로 주저앉았다.

"라랄랄라……."

동수는 여름휴가로 바닷가에 온 사람처럼 호기롭게 멜로디를 따라 부르느라 바빴다. 혜주의 두 눈은 더디게 끔벅거렸다. 아무 일도 일어나지 않았다. 곧 엘리베이터는 10층에 도착했다. 문이 열릴 때 멜로디는 뚝 끊겼다.

"에이, 뭐야. 번호판 잘못 만든 거네."

혜주의 목소리에 실망의 기색이 역력했다. 무슨 일이든 벌어지기를 몹시 바란 것만 같았다.

"다시 눌러볼까?"

동수 말에 혜주가 다시 눈을 반짝였다. 민아는 벌떡 일어나 오른손을 버튼에 갖다 댔다. 동그랗게 손을 말아 누구도 버튼을 누르지 못하도록 방어했다. 링거를 맞지 않는 손이기에 가능했다.

"그만하고 내려가자."

혜주가 민아를 지그시 쳐다봤다.

"너 오늘 2차 항암이라며."

"그런데?"

"나라면, 이 버튼을 눌러서 무슨 일이 생기는 것보다 항암이 더 무서울 것 같은데."

혜주를 바라보는 민아의 눈빛에서 이글이글 뜨거운 레이저가 뿜어져 나왔다. 두려움에 지지 않는다. 그 어떤 고통이 따를지라도 의연하게 항암을 마친다. 그게 민아가 정한 원칙이었고 지금까지 간신히 붙들고 있는 정신줄이었다.

"니들 둘 다 이상해. 맛이 갔어."

민아 말에 동수는 조커처럼 껄껄 웃어대다 맞받아쳤다.

"200퍼센트 동의."

웃음을 뚝 멈추고 동수가 넌지시 혜주를 올려다봤다.

"눌러볼 게 하나 더 남았는데."

혜주가 동수를 건너다봤고 동수는 사다리 보관함의 글씨를 뚫어져라 봤다. 나쁜 예감이 온몸을 휘감았다. 혜주가 움직이기 전에 민아가 손을 뻗었지만 늦었다. 혜주는 홀린 눈초리로 반짝이고 있는 'ㅁ'자를 바라보다가 이번에도 여느 버튼을 누르듯 가볍게 꾹 눌렀다.

그러자 엘리베이터 문이 닫히면서 멜로디가 다시 시작됐다. 민아는 화들짝 놀라 링거대를 꽉 잡았다. 비상 버튼을 다시 누른 게 아닌데 왜 멜로디가 또 나오지?

다음 순간 엘리베이터가 마구 흔들리기 시작했다. 혜주가 엘리베이터 중간 바를 두 손으로 붙드는 모습이 보였다. 춤을 추듯 꿈틀거리던 엘리베이터가 갑자기 움직였다. 아래가 아니라 옆으로!

대체 이게 무슨 상황이지? 이렇게 빠르게 옆으로 움직이는 엘리베이터가 세상에 있다고? 믿을 수 없다. 민아는 무릎을 꿇고 주저앉았고 그 바람에 링거대가 바닥으로 쓰러졌다. 실내를 밝히고 있던 조명이 깜박거렸다. 그 사이로 민아는 보고야 말았다. 동공 지진이 시작된 동수의 두 눈동자를 말이다.

소원 따위 필요없어

2부

간절히 바란
한 가지 소원

승강기란 말은 위아래로 움직인다는 뜻 아닌가? 그런데 지금 엘리베이터가 옆으로 움직이고 있다. 그것도 엄청난 속도로. 동수는 휠체어 손잡이를 세게 틀어쥐었다. 민아와 잠깐 눈이 마주쳤다고 생각하는 찰나에 엘리베이터가 우뚝 멈췄다.

　"휴."

　아이들 입에서 동시에 한숨이 튀어나왔다. 이제 뭘 어떻게 해야 할까? 옆으로 이동한 것을 보면 지금 이 엘리베이터가 있는 곳은 병원 건물이 아닐 것이다. 다시 파란색 버튼을 눌러볼까? 그럼 옆으로 이동해 아까 있던 건물로 되돌아가지 않을까?

　"괜찮아?"

　링거대를 세우면서 민아가 동수와 혜주에게 물었다. 다시 병원 건물로 돌아가야 한다고 생각하는 동수와 달리 혜주는 이 기묘한 상황이 마음에 드는 얼굴이었다.

"끝내준다. 롤러코스터 타는 것 같아."

한 번 더 타고 싶어 하는 듯한 혜주의 해맑은 얼굴에 동수는 할 말을 잃었다. 마음이 많이 아프다는 민아 말이 사실이긴 한가 보다.

"버튼을 다시 누르면 어떨까?"

고민 끝에 동수가 입을 열었지만 민아는 완강했다. 하염없이 고개를 저어대기만 했다. 어쩌지? 갈등하는 사이 엘리베이터가 한 번 더 몸을 부르르 떨었다.

혜주가 "한 번 더!"를 외쳤다.

깜빡이던 형광등이 다시 환해졌다.

굳게 닫혀 있던 문이 스르륵 열렸다.

세 사람의 눈동자가 덩달아 커졌다.

"어서 오십시오. 환영합니다."

어떤 사람이 몸을 90도로 숙이며 인사를 건넸다. 사람이 아니라 로봇 같았다. 그런데 목소리와 동작이 지나치게 자연스러웠다. 사람인가? 휴머노이드 로봇인가? 헷갈렸다. 동수는 물론이고 아이들도 그런 눈치였다. 세 사람은 엘리베이터에서 내릴까 말까 망설였다.

"누구세요?"

민아가 물었다.

"저는 시민권 담당자 미키입니다."

"미……키요?"

민아가 당황했는지 말을 길게 늘였다.

"제가 미키 마우스 팬입니다."

"뭐래."

혜주 목소리가 차가웠는데도 미키는 환한 웃음을 잃지 않았다.

"내려도 될까요?"

동수의 물음에 미키는 고개를 한 번 끄덕였다.

민아가 먼저 몇 걸음 움직여 엘리베이터를 벗어났다. 혜주가 민아 등에 딱 붙어 내렸고 동수도 휠체어를 밀었다.

"여긴, 그러니까……."

고개를 빼고 주변을 둘러보는 민아에게 미키는 친절히 설명을 늘어놓았다.

"여긴 샤이어입니다. 복지 수준이 놀랍도록 완벽해서 살기 괜찮은 도시 국가입니다. 대통령께서 큰 병에 걸려 지금 잠깐 부재중인 것이 아쉽긴 하지만 그거 빼고는 아주 좋습니다."

미키의 말투는 정말 나긋나긋했다. 사람인지 인공 지능 로봇인지 동수는 여전히 헷갈렸다. 만약 미키가 인공 지능 로봇이라면 이곳은 로봇 기술이 남다르게 발달한 사회인 것 같다.

"좋아요, 미키. 다 사실이라고 쳐줄게요. 근데 저희가 왜 여기에 온 거죠?"

동수의 질문에 미키는 한 팔을 다른 팔에 올린 후 손등에 잠깐 기대어 생각에 잠겼다가 말을 이어나갔다. 동수 눈에 방금 동작은 로봇 흉내를 내는 인간처럼 보여 기묘한 느낌이 들었다.

"여러분들이 원했기 때문에 이곳에 온 겁니다."

"뭘 원해요?"

"다른 세상을 말이죠. 분명히 말씀드리지만 이곳은 아무나 올 수 있는 곳이 아닙니다. 간절히 원해야만 올 수 있거든요. 저 문이 생각보다 자주 열리지 않는다, 이 말씀이죠."

미키 말이 끝나자마자 민아가 물었다.

"어쨌든 다시 돌아갈 수 있는 거죠?"

"어디로 말씀입니까?"

"우리가 있었던 곳이요. 사랑 병원!"

혜주가 팔짱을 끼며 끼어들었다.

"넌 그게 그렇게 중요해?"

민아는 링거대를 한 손으로 꽉 붙들며 혜주의 날선 눈빛을 맞받았다.

"나한텐 중요해."

동수는 고개만 절레절레 흔들었다. 여자애들의 감정싸움에 끼는 일은 절대 사절이다. 엄마와 여동생이 싸우는 걸 자주 봐서 잘 안다. 한 번 불이 붙으면 얼마나 오래 싸우는지, 별 중요하지도 않은 이야기를 얼마나 집요하게 물고 늘어지는지 말이다.

"저, 괜찮으시다면 제가 한 말씀 더 드려도 될까요?"

"네!"

"그러시죠!"

민아와 혜주는 동시에 대답했다.

"저는 로봇입니다."

"헐."

세 사람의 눈동자가 휘둥그레졌다.

"아까 말씀드렸다시피 여기는 샤이어이고 이곳은 과학 기술이 고도로 발달되어 있습니다. 가까운 미래에 왔다고 생각하시면 됩니다. 당신들이 있던 곳에서 불가능한 일들이 여기에서는 가능하단 뜻이죠. 이곳 시민이 되면 엄청난 혜택들이 기다리고 있습니다. 단, 이곳에서 지내려면 시민권을 획득하고 일을 해야 합니다. 노동은 신성한 거니까요."

민아가 딴지를 걸었다.

"저희는 미성년자인데요."

사람의 눈동자와 다를 바 없어 보이는 미키의 초롱초롱한 눈이 민아를 응시했다.

"상관없습니다. 샤이어에서는 열다섯 살부터 시민권을 부여받습니다. 지금부터 여러분들은 이 국가에서 일하고 있는 장관들을 한 분씩 만날 겁니다. 다양한 장관 중 마음에 드는 장관이 있으면 그분 밑에서 일하기로 결정하면 됩니다. 그러면 칩이 발급될 것이고 바로 시민증이 나옵니다. 그렇게 이 나라 국민이 되면 취직 걱정, 집 걱정, 돈 걱정 자동 해결이죠. 저희는 국가에서 아파트와 차를 아주 싸게 대여해주거든요."

"미쳤네!"

혜주가 감탄했다. 미키 얼굴에 어린 미소가 한층 더 환해 졌다. 동수는 민아와 혜주 얼굴을 번갈아 살폈다. 민아는 당 장이라도 이곳을 빠져나가 사랑 병원으로 돌아가고 싶어 하 는 얼굴이었고 혜주는 설렘과 호기심으로 어느 때보다도 생 기가 넘쳤다.

"칩이 왜 필요한데요?"

동수가 물었다.

"아, 칩을 손톱 밑에 이식하면 일에 관련된 모든 지식을 한 번에 뇌에 주입할 수 있으니까요. 누구든 곧바로 일을 할 수 있다 이 말이죠."

저 로봇이 계속 일을 강조하는 걸 보면 이곳은 노동력 부 족 현상이 심각한 모양이다. 로봇이 이토록 발전한 사회인데 왜 인간에게 일을 강조하지? 뭔가 앞뒤가 맞지 않는다는 생 각이 스쳐 지나갔다. 곧바로 동수는 다른 생각에 잠겼다. 일 을 한다? 동수는 휠체어에 앉은 자기 몸을 내려다봤다. 흠, 이 몸으로?

"칩을 몸에 심어야 한다고? 누구 마음대로?"

혼잣말이라고 하기에 민아 목소리는 결코 작지 않았다. 공기를 가득 채운 침묵을 가르며 혜주가 쏘아붙였다.

"너 왜 그래?"

민아는 대꾸조차 하지 않았다. 혜주의 날선 목소리가 고막을 울렸다.

"모처럼 좋은 곳에 여행 온 기분 좀 내려고 하는데 왜 자꾸 재를 뿌리는데?"

"여행? 정신 차려. 여긴 현실이 아니야."

"그럼 뭔데?"

"우린 지금 꿈을 꾸는 거야."

혜주가 자기 볼을 세게 잡아당겼다. "아야!"라고 외친 다음 혜주는 더 크게 소리쳤다.

"꿈은 무슨. 아, 볼때기 아파. 너나 정신 차려. 난 여기서 살기로 결심했으니까 초 치지 마."

"너 정말 불쌍한 애구나."

"뭐?"

더는 참을 수 없다는 듯 혜주가 두 손을 옆구리에 짚으며 민아에게 한 발 다가섰다.

"현실에서 얼마나 불행했으면 조금도 고민하지 않고 여기를 선택하냐."

민아가 쯧쯧, 혀를 찼고 혜주가 "야!"라고 고함을 빽 질렀다. 허리를 짚던 혜주의 두 손이 민아의 머리끄덩이를 잡아채려는 순간 미키가 둘 사이에 끼어들었다.

"숙녀분들, 진정하시죠."

미키를 사이에 두고 혜주는 여전히 씩씩거렸고 민아는 혀를 계속 끌끌 차면서 도발을 이어 나갔다.

"일단 여기를 더 둘러본 후 이야기를 다시 나누시면 어떨까요."

두 사람을 다독이고 조율하는 인공 지능 로봇에게 동수는 감탄할 수밖에 없었다. 가뜩이나 머리가 복잡한데 민아와 혜주가 틈만 나면 싸우니 머리가 지끈거렸다.

"저는 일을 할 수 없어요. 환자거든요."

민아도 동수와 같은 생각을 하고 있는 듯했다. 미키가 손을 내밀었다. 미키의 손은 사람 관절 못지않게 유연해 보였다.

"손을 잠깐 빌려주시겠습니까?"

미키의 공손한 태도에 민아는 마지못해 손을 내밀었다. 미키의 손바닥이 열리면서 바늘처럼 생긴 센서가 솟아올랐다. 바늘이 민아의 엄지손가락을 살짝 찔러 약간의 핏방울이 맺혔는데도 민아는 눈 하나 깜빡하지 않았다.

"혈액암이군요. 치료 가능합니다."

민아의 핏방울 분석을 끝내자마자 미키가 말했다. 가뜩이나 커다란 민아의 두 눈이 동그랗게 커졌다.

"암은 정복된 질병입니다. 이곳에는 암 환자가 없습니다."

그렇게 말하고는 미키는 동수 쪽으로 몸을 돌렸다.

"당신도 걸을 수 있습니다."

동수의 눈썹이 심하게 꿈틀거렸다. 걸을 수 있다는 말에 동수의 뇌는 먹통이 되어버렸다.

사고 이후 간절히 바란 단 한 가지 소원. 다시 걸을 수 있다면 무슨 일이든 달게 받겠다고, 좋은 일 많이 할 테니 한 번만 기회를 달라고 엄마 몰래 아무 신에게나 기도했던 소원. 그게 지금 가능하다고? 동수의 심장은 제멋대로 쿵쾅거려 터지기 일보 직전이었다. 다시 걸을 수 있다는 말에 사로잡혀 정신이 자꾸만 혼미했다.

*

미키가 혜주 코앞까지 걸어왔다.

"당장 시민권을 받을 수 있는 사람은 당신뿐이군요. 대단합니다."

그 말에 혜주의 가슴이 두근거렸다. 한 번도 들어본 적 없는 칭찬이었다. 그렇게 병원을 들락거렸으면서도 몸이 건강하다는 것에 특별한 감정을 느끼지 못했던 혜주였다. 그런데 이곳 샤이어는 육체적으로 완벽한 혜주를 두 팔 벌려 환영했다.

"이름이?"

미키가 손등에 있는 버튼을 바삐 누르며 물었다.

"혜주예요."

미키의 입꼬리가 한껏 올라갔다.

"아름다운 이름이군요."

잠시 후 벽이라고 생각한 문이 좌우로 열리면서 한 여자가 걸어왔다. 여자의 이름은 르네. 르네 마그리트라는 벨기에 화가를 좋아한다고 했다. 윤기 나게 손질된 머리카락이 넘실거렸다. 혜주는 본능적으로 르네 역시 로봇이라는 것을 알았다. 뭐라고 꼬집어 설명하기 어렵지만 딱 보면 직감적으로 사람과 인공 지능 로봇이 구분되었다.

미키는 르네에게 다양한 장관들이 일하는 모습을 보여주면 좋겠다고 말했다.

"그럴 필요 없을 것 같아요."

혜주는 자연스럽게 그들의 대화에 끼어들었다.

"어떤 장관 밑이든, 어떤 부서든 어차피 그게 그거겠죠, 뭐."

미키는 "아, 그럼."이라고 말했고 르네는 자신이 알아서 해결하겠다고 말했다. 르네는 공손한 태도로 혜주에게 자신을 따라오라는 제스처를 취했다. 혜주는 암을 고칠 수 있고 다시 걸을 수 있다는 말에 혼이 나가버린 민아와 동수를 한 번씩 바라본 후 르네를 따라갔다.

르네가 이끄는 곳에 매끈한 차가 대기 중이었다. 혜주는 보조석에 올라탔다. 문이 잠긴 뒤 차는 자동으로 움직였다. 자율주행 차를 처음 타서 신기했다. 전기로 움직이는 모바일 캡슐이라고 르네가 설명했다. 그래서인지 차는 운행 중에도 조용했다.

고개를 차창에 바짝 붙여 밖을 쳐다봤다. 처음 보는 풍경들이 눈에 들어왔다. 샤이어? 혜주에게 이곳은 화성같이 먼 곳에 세워진 도시 국가 같았다. 아니면 영화 〈인터스텔라〉 마지막 장면에서 봤던, 토성 궤도를 돌던 우주 정거장 같은 곳이거나. 병원 엘리베이터를 타고 이런 곳에 오게 됐다는 사실이 여전히 믿기지 않았다.

멀리 높다란 건물들이 보였다. 족히 200층은 훌쩍 넘어 보였다. 건물의 색감이 특이했다. 파스텔 톤의 따뜻한 색이 많아 정감 있는 느낌을 줬다. 노을을 흡수한 것 같은 파스텔 톤의 아름다운 건물 색도, 깔끔히 정리된 구획도 마음에 들었다. 그 옆으로 그다지 높지 않은 건물들이 차곡차곡 쌓여 있었는데 건물들의 벽면에 식물이 다닥다닥 붙은 모습이 이색적이었다.

모바일 캡슐은 도로에 깔린 자기장으로 움직이는 듯 규칙적인 속도로 지나갔고 눈에 보이지 않는 투명 레일이 있는 건지 미니 열차는 하늘을 여유롭게 둥둥 떠다녔다. 자동차가 지나다니는 도로 레일과 사람들이 걸어 다니는 인도가 완전히 분리되어 있어 안전해 보였다.

"저는 어떤 곳에서 일하나요?"

창밖에서 시선을 떼며 혜주가 물었다.

"친절 부서 어떠세요?"

혜주는 친절 부서에서 하는 일에 대해 물어봤다. 궁금해서는 아니었다. 조용한 차 안에서 로봇과 단둘이 말도 없이 가는 것이 좀 어색해서였다.

"친절 부서는 시민들께 친절을 베푸는 일을 합니다. 살다 보면 억울하거나 서운한 일이 참 많잖아요. 그럴 때 친절 부서 직원들은 시민들을 달래주고 친절한 기운을 전달하는 일을 하죠."

"멋지네요."

혜주는 조그맣게 감탄했고 그 말은 진심이었다. 혜주는 사람들에게 친절한 편이 아니었지만 늘 상냥한 사람들을 찾아다녔다. 자기 방을 놔두고 병원을 줄기차게 찾아간 이유도 비슷했다.

병원에서는 혼자라는 느낌을 받기 어려웠다. 하루 한 번 주치의 선생님들이 문진을 왔다. 가끔 진짜로 장염에 걸리거나 원인 모를 미열에 시달릴 때면 간호사 선생님들이 밤새 틈틈이 와서 혜주를 살폈다. 컨디션이 나아진 혜주가 간호 스테이션을 어슬렁거리면 간호사 선생님들은 따뜻한 목소리로 몸은 좀 어떤지, 열은 내렸는지 물어봐줬다. 그런 순간마다 혜주는 깊은 안도감을 느꼈다. 엄마와 단둘이 있을 때 느낄 수 없었던 찌르르한 감동을 받았다.

르네는 혜주에게 집을 보여줬다. 깨끗하고 세련된 집도, 알아서 움직이는 차도 다 마음에 들었다. 르네는 내일부터 혜주가 친절 부서에서 할 일을 간략히 전달했다. 물어볼 일이 있으면 언제든 자기한테 연락하라는 말도 친절히 덧붙였다.

르네가 나간 후 혜주는 콧노래를 부르며 집을 둘러보다가 침대에 벌렁 드러누웠다. 피곤이 몰려왔다. 마음이 한없이 평화로웠다. 그저 엄마에게서 멀리 떨어져 있어 좋았다. 병원으로 피신하려고 거짓으로 아픈 척하지 않아도 된다는 사실만으로도 만족이었다. 잔소리와 협박을 일삼는 엄마도 없고 기말고사를 앞두고 긴장감에 찌든 학교도 없고 코앞에 닥친 모의 면접 대회도 없다니. 횡재도 이런 횡재가 없었다.

다음 날 혜주는 모처럼 개운한 기분으로 눈을 떴다. 벽면에 달린 모니터에서 아침 식사가 도착했다는 안내음이 울렸다. 현관문을 열자 카트 위에 잘 차려진 브런치가 담겨 있었다. 완벽해. 커튼을 거두니 따스한 햇살이 부엌까지 쑥 들어왔다. 혜주는 어제 르네에게 받은 드림워치로 가장 좋아하는 음악을 재생한 뒤 우아하게 브런치를 먹었다.

간단히 샤워를 마치고 옷장에서 가장 마음에 드는 슈트를 꺼내 입었다. 9시 정각에 모바일 캡슐이 대기할 거라는 메시지가 워치에 떴다. 혜주는 여유로운 걸음걸이로 자신의 차까지 걸어갔다. 아무 말도 하지 않았지만 차는 알아서 혜주를 직장까지 모시고 갔다.

르네가 혜주를 반갑게 맞았다. 르네는 친절 부서를 담당하는 메이를 소개했다. 메이를 보자 혜주는 로봇과 인간의 차이를 비로소 알아차릴 수 있었다. 가장 중요한 차이는 눈동자와 눈썹에 있었다. 로봇의 눈동자와 눈썹은 인간에 비해 움직임이 딱딱하고 부자연스러웠다.

메이는 따뜻한 목소리로 부서 직원들에게 혜주를 간단히 소개했다. 로봇이 아닌 사람들을 직접 만나자 반갑고 안도감이 들었다. 우렁찬 박수 소리에 혜주는 꾸벅 고개 숙여 인사했다. 얼마나 웃음을 달고 사는지 직원들 모두 눈가에 주름이 자글자글했다. 곧바로 가족 같은 분위기가 느껴졌다. 그런 건 말이 아니라 분위기로 더 잘 느껴지는 법이다.

혜주는 자신에게 배정된 사무실로 들어갔다. 크지도, 작지도 않은 개인 사무실이었다. 메이가 사무실 안으로 들어왔다. 핸드폰 크기로 보이는 작은 기계와 함께였다.

"자, 샤이어의 시민이 될 준비됐나요?"

혜주가 고개를 끄덕였다. 메이가 시키는 대로 기계 장치에 엄지손가락을 넣었다. 약간 따끔한 감각과 함께 손톱 밑에 칩이 이식되었다. 칩이 얼마나 작은지 손가락을 눈에 가까이 대야 겨우 보일 정도였다.

"칩에 있는 정보들이 곧 뇌에 접속을 시도할 거예요. 어지러움을 느낄 수도 있으니 십 분 정도 눈을 감고 있어요."

그 말을 끝으로 메이는 물러났다. 그의 조언대로 혜주는 눈을 감고 의자 등받이에 몸을 기댔다. 빛이 두개골을 뚫고 들어오는 듯 머릿속이 환해지더니 훗훗한 감각이 척추를 타고 올라왔다. 엄청나게 빠른 속도로 데이터와 이미지들이 머릿속을 지나갔다. 속이 좀 울렁거렸다. 잠시 후 칩 이식이 끝났는지 척추를 타고 어깨와 머리까지 뜨거웠던 감각이 점차 사그라졌다. 어떤 일들을 어떻게 처리해야 하는지 대충 알 것 같았다.

감았던 눈을 뜨며 혜주는 사무실을 훑어봤다. 업무에 필요한 기기만 배치된 책상은 높이 조절이 가능했다. 궁금한 것이 있으면 언제든 질문을 던져도 되는 인공 지능 로봇 르네가 책상 끄트머리에 대기 중이었다. 여기가 내 첫 직장이구나. 혜주의 가슴이 가볍게 떨려왔다.

컴퓨터 안 파일들을 살펴보는데 메이가 다가와 점심 식사를 같이 하자고 말했다. 친절 부서에서 일하는 사람답게 그는 정말 스윗했다. 다정함이 뚝뚝 묻어나는 눈동자였다. 이런 따스한 대접을 받는 게 얼마 만인가. 혜주는 잠시도 망설이지 않고 좋다고 대답했다.

메이가 주문한 샐러드에도, 혜주가 주문한 샐러드에도 토마토가 보이지 않았다. 보통 샐러드를 주문하면 방울토마토라도 넣어주는 게 상식 아닌가? 그러고 보니 혜주가 아침에 먹은 브런치에도 토마토는 코빼기도 볼 수 없었다. 샤이어 사람들은 토마토를 싫어하나? 아니면 이곳의 토양에 토마토 농사가 맞지 않나?

"토마토가 있으면 완벽할 텐데."

아쉬운 마음에 혼잣말이 흘러나왔다. 메이는 혜주의 작은 목소리를 찰떡같이 알아들었는지 이렇게 말했다.

"토마토? 그게 뭐죠?"

토마토를 모른다고? 이게 대체 무슨?

"설마 바나나도 몰라요?"

"네. 처음 듣는 단어들이네요."

믿을 수 없다. 이 완벽한 사회에 바나나가 없다니!

미키가 이곳을 설명할 때 가까운 미래라는 단어를 썼었다. 과학 시간에 들은 이야기가 떠올랐다. 원래 수업을 잘 듣지 않는 혜주였지만 과학샘 입에서 토마토와 바나나 같은 단어가 튀어나와 귀를 쫑긋 기울였다. 환경 오염과 지구 가열이 심해지면 곤충들이 사라지고 꿀벌이 멸종될지 모른다. 벌이 없어지면 과일과 야채가 사라질 것이다. 딸기, 토마토, 아몬드, 사과, 그리고 혜주가 사랑하는 바나나까지.

점심 식사를 마치고 사무실로 돌아왔다. 메이가 노크를 한 후 들어와 미니 칩들을 내려놓았다.

"이번 주 업무예요. 초반엔 힘들겠지만 그날 배당된 업무를 다음 날로 미루면 나중에 곤란해질 거예요."

"알겠습니다."

사무적인 자기 목소리에 혜주는 좀 놀랐다. 칩 덕분인가. 어제까지만 해도 가짜로 입원하기를 밥 먹듯이 하는 나일론 환자였는데 하루 만에 목소리 톤이 달라지다니.

자신을 바라보는 사람들의 태도는 물론이고 사람들을 대하는 자신의 태도 또한 그랬다. 사회생활을 오래 해온 사람처럼 혜주는 능숙하게 직원의 눈을 바라보며 대답했다. 메이가 사람들 앞에서 자신을 소개할 때도 적당히 예의 바른 태도를 보여줬다. 주눅 들지도, 거만하지도 않은 몸짓과 표정으로 말이다. 놀라운걸. 자신에게 이렇게 세련된 사회성이 내재되어 있는 줄 꿈에도 모른 혜주였기에 가벼운 충격과 깊은 감탄이 여운처럼 남았다. 어쩌면 내재되어 있던 것이 아니라 이식한 칩 덕분일지도 모르지만.

혜주는 의자에 등을 기대고 앉았다. 모든 것이 완벽하다. 바나나를 먹을 수 없다는 것만 빼면. 그 어렵다는 취직을 몇 시간 만에 해냈다. 동료와 상사는 친절한 사람들이다. 집과 차가 생겼다. 일을 하면 월급이 차곡차곡 쌓일 것이다. 첫 월급을 받으면 뭘 할까? 벌써부터 가슴이 두근거렸다.

*

미키가 손등에 있는 버튼을 누르자 커다란 드론처럼 보이는 물체가 실내로 들어와 조용히 정차했다. 플라잉카였다. 미키를 따라 민아와 동수의 휠체어가 플라잉카에 올라탔다. 실내가 생각보다 높아 민아가 들고 다니는 링거대 높이를 살짝 줄이니 딱 맞았다. 플라잉카를 타고 가는 동안 민아와 동수는 한 마디도 하지 않았다. 머릿속이 터지기 일보 직전이었다.

암을 고칠 수 있다고? 2차 항암을 하지 않아도 된다고? 놀랍도록 생생한 꿈을 꾸고 있는 기분이었다. 민아는 자기 손이 붙들고 있는 링거를 골똘히 바라봤다. 입원할 때마다 링거대는 민아에게 핸드폰 같은 존재였다. 떨어지고 싶어도 그럴 수 없고 떼려야 절대 뗄 수 없는 존재.

높지 않은 건물 몇 개를 지나치자 높다란 건물이 나타났다. 민트색 외벽이 햇살을 받아 물고기 비늘처럼 반짝거렸다. 플라잉카가 건물 옥상에 안정감 있게 착륙했고 곧 자동으로 문이 열렸다.

"안녕하세요. 저는 피터입니다."

그는 〈피터팬〉의 광팬이라는 말을 덧붙였다. 민아는 플라잉카에서 내리기 직전 마지막으로 동수의 얼굴을 바라봤다. 동수는 따뜻한 미소를 지으며 고개를 크게 끄덕여줬다. 잘 치료받고 오라고, 걱정하지 말라고, 다 잘될 거라고 말하는 얼굴이었다. 그 미소에 화답하고 싶었지만 민아는 긴장이 역력한 표정을 풀지 못했다.

민아가 편히 내릴 수 있게 피터는 예의를 갖춰 에스코트했다. 피터를 따라 커다란 병실로 들어갔다. 피터는 민아에게 준비된 진료 침대에 편히 누우라고 말한 후 병실을 나갔다.

링거대를 드르륵 끌면서 민아는 침대에 다가가 누웠다. 두 손을 배에 포개었더니 두근거리는 심장 박동이 손바닥을 통해 전해졌다. 생생하게 느껴지는 심장의 규칙적인 운동을 느끼며 민아는 생각했다. 이거, 꿈이 아닐 수도 있겠구나. 잠시 뒤 흰 가운을 입은 여자가 빠른 걸음으로 다가와 인사했다. 이 의사는 사람일까, 아니면 인공 지능 로봇일까. 질문을 할까 말까 망설이는 사이 의사는 가느다란 막대기를 사각형으로 이어붙인 기계를 가져왔다. 기계에서 레이저 같은 빛이 뿜어져 나오면서 민아의 몸을 머리부터 발끝까지 훑었다.

"항암을 1차까지 하셨군요."

그걸 어떻게 알았지?

"지금 상태에 적합한 주사를 놓겠습니다. 3일 정도 쉬시고 2차 주사까지 맞으시면 됩니다."

"두 번 주사를 맞으면……."

민아의 목소리가 덜덜 떨렸다.

"완치 판정을 받는 겁니다."

그렇다면 의사가 지금 놓으려는 것은 항암 주사구나. 민아는 자기도 모르게 뻣뻣하게 굳어 가는 몸을 느꼈다. 걱정과 긴장이 몸을 덮쳐오자 항암 주사를 맞은 후 부작용을 겪었을 때처럼 통증이 생생하게 느껴져 식은땀이 흐르고 속이 울렁거렸다. 민아가 긴장한 것을 눈치챘는지 의사가 따뜻한 목소리로 말했다.

"걱정 마세요. 어떤 통증도, 부작용도 없는 주사입니다."

의사가 주삿바늘을 유리병에 꽂았다. 투명한 액체가 주사기 몸통에 차올랐다.

"조금 따끔할 겁니다. 몸에 힘 빼세요."

의사가 능숙하게 주사를 놓은 뒤 귀여운 밴드를 팔에 붙여줄 때까지 몸은 고요했다. 바로 움직여도 된다는 말을 남기고 의사는 병실을 나갔다. 뭐지? 이대로 끝난 건가? 아, 2차 주사만 아픈 거구나. 잔뜩 긴장했던 몸에서 기운이 쭉 빠져나갔다. 허탈함과 함께 엄청난 허기가 밀려들었다.

잠시 후 피터가 들어와 상냥하게 말했다.

"별로 안 아팠죠?"

민아는 의사가 붙여준 밴드를 손가락으로 만지작거리며 고개를 한 번 끄덕였다.

"이제 이거 없이 다닐 수 있겠네요."

피터는 섬세한 손길로 링거대를 자기 쪽으로 끌어당겼다. 오랜만에 자유의 몸이 된 민아는 걸으면서 계속 병원을 두리번거렸다. 샤이어의 병원은 사랑 병원처럼 깨끗하고 쾌적했지만 달랐다. 사람이 많지 않아 느긋하고 시끄럽지 않았다. 하긴 암을 정복할 정도의 기술력이라면 웬만한 병은 이렇게 큰 병원에 오지 않아도 치료 가능할 것 같았다. 그로 인해 아픈 사람이 많지 않은 거라면 그것만으로도 충분히 좋은 일이란 생각이 들었다.

"의사 선생님도 피터처럼 인공 지능 로봇인가요?"

아까부터 묻고 싶었던 질문을 했다. 피터는 조용히 웃으며 대답했다.

"인공 지능 의사가 많은데 아까 그분은 아니었습니다. 제가 특별히 그분을 모셔왔죠."

그 말에 민아는 잠깐 피식 웃었다.

병원 밖으로 나오자 피터는 상냥하게 조언했다.

"주사를 맞았으니 오늘은 쉬는 게 좋아요."

하지만 민아는 샤이어를 둘러보고 싶었다. 이곳을 직접 눈으로 보고 귀로 듣고 냄새 맡고 싶었다. 링거대 없이 마구 쏘다니는 자유를 좀 더 누리고 싶었다.

"저녁이 되기 전에 돌아갈게요."

"어디로 가시겠습니까? 샤이어에서 가고 싶은 곳이 있나요?"

민아는 또박또박 대답했다.

"알아서 할게요. 혼자 다녀도 되죠?"

"그럼요. 다만 필요한 일이 생기면 언제든 연락을 주세요."

피터는 주머니에서 시계를 꺼냈다. 칩이 없는 사람이 샤이어에서 생활하려면 이 드림워치를 반드시 차야 한다고 했다. 식당에서 결제하거나 사고 싶은 물건이 생기면 무인 주문기 키오스크에 위치를 터치하라고 했다. 한마디로 드림워치는 생체 상태를 알려주는 보조 의사이자 카드를 대신할 결제 수단이자 핸드폰이자 위치 추적기이자 어떤 운송 수단이든 탈 수 있는 교통 카드였다. 당분간 민아가 머물 숙소의 위치 또

한 워치 안에 내장되어 있으니 무인 택시를 타면 된다는 말도 덧붙였다.

걸어가는 피터의 뒷모습을 물끄러미 바라보는데 동수 생각이 불쑥 났다. 가끔 신관 끝에 있는 재활치료실 주변을 어슬렁거리다가 동수를 발견하곤 했다. 동수가 천천히 휠체어를 밀고 가는 뒷모습이 작은 점이 될 때까지 지켜보며 민아는 기도했다. 동수가 다시 걸을 수 있기를. 그게 불가능한 일이라면 그 일을 받아들일 수 있는 용기가 동수에게 생기기를 바랐다.

공원을 지나쳐 민아는 발길 닿는 대로 걸었다. 링거대 없이 걸으니 정말 좋았다. 잠깐이나마 자유롭고 건강하다는 착각이 들 정도였다. 아차, 착각이 아니지. 두 번의 주사 중 한 번을 맞았으니 병을 반 정도는 극복한 걸지도 몰라. 얼마쯤 걸으니 수생식물원 간판이 보였다. 꽃들이 피어 있을까. 민아는 설렘을 안고 식물원 안으로 들어갔다. 꽃을 피운 수련을 보자 엄마 생각이 났다. 엄마가 좋아하는 꽃이었다.

엄마는 평생 과일 가게에서 일했다. 아빠는 밖으로 떠돌며 사고를 치기 바빴다. 아빠가 사고를 치거나 엄마를 괴롭힐 때마다 민아는 도망가기 바빴다. 엄마도 민아에게 "나가 있어!"라고 외쳤고 민아는 그 말을 곧이곧대로 따랐다. 술에 취해 괴물처럼 화를 내는 아빠가 무서웠다.

엄마는 아빠와 결혼했다는 이유로 두 평이 안 되는 과일 가게를 벗어나지 못했다. 엄마는 단 한 번도 자기만의 공간과 시간을 가져본 적이 없었다. 어째서 엄마가 누릴 수 있는 세상은 그거밖에 안 됐을까. 그 생각을 할 때마다 민아는 답답했다. 늘 엄마에 대해 더 많이 알고 싶었다. 결혼을 하기 전 엄마는 어떤 남자와 연애를 했는지 궁금했다. 학창 시절 공부를 잘한 축이었는지 운동이나 미술을 더 잘했는지, 친구들과 어떤 걸 먹으며 수다를 떨었는지, 그렇게 많은 과일 중에서 가장 좋아하는 과일은 무엇인지, 팔다가 남는 과일 말고 돈을 내고 과일을 사 먹어야 한다면 어떤 과일을 사고 싶은지 질문을 퍼붓고 싶지만 그러지 못했다. 엄마는 늘 바빴고 민아가 던지는 질문에 언제나 짧게 대답하기 일쑤였다.

이곳 샤이어가 마음에 들었다. 암을 치료할 수 있다는 것도 기뻤고 친절한 미키도, 매너 좋은 피터도 좋았다. 민아는 촬영 현장에서 어른들에게 종종 혼이 났다. 숨 가쁜 일정 때문에 촬영 현장은 긴장감이 넘쳤고 작은 실수도 큰 실수처럼 부풀려졌다. 단역에 불과한 민아는 그곳에서 친절이나 배려의 대상이 아니었다. 가뜩이나 바쁜 스태프들의 화풀이 대상이 되기 딱 좋았다. 그 때문일까. 자신을 어른처럼 귀하게 대해주는 존재가 고마웠다. 이곳에서는 당연한 일일지 모르나 민아에게는 그랬다.

하지만 언젠가는 돌아가야 했다. 사랑 병원으로. 그곳에 엄마가 있으니까. 엄마와 약속했으니까. 무슨 일이 있어도 엄마를 홀로 두고 세상을 떠나지 않겠다고. 엄마를 외롭게 하지 않겠다고.

"암이라고? 진짜?"

사람들 반응은 비슷했다. 친한 사람이든 아니든 다 그랬다. 창의적인 반응까지 기대한 건 아니지만 그래도 이런 반응은 정말 싫었다.

"네가? 왜?"

"원인이 뭐래? 왜 암에 걸렸대?"

그걸 내가 어떻게 알아. 매섭게 쏘아붙이고 싶은 걸 매번 참아야만 했다. 사람들은 민아가 암에 걸려 아프다는 사실보다도 어떤 사람들이 주로 암에 걸리는지 알고 싶어 하는 듯했다. 암이라는 불행한 사건을 자신만은 반드시 피하고 싶은 건지도 몰랐다.

왜 병에 걸렸는지 민아도 몰랐다. 나중에 혈액암에 대해 공부한 후 비로소 알게 된 사실은 하나였다. 95퍼센트 알 수 없는 유전자 돌연변이로 발생하는 병. 원인은 없다. 몸에 안 좋은 음식을 먹은 것도 아니고 부모의 유전자 탓도 아니다. 아이언맨이 들려준 말과 정확히 일치했다. 엄마가 다 자기 탓이라고 말하면서 죄책감에 몸부림칠 때마다 민아는 목소리를 높여 말했다. 누구의 잘못도 아니고 엄마 잘못은 더더욱 아니라고.

민아는 주변을 흘낏 둘러봤다. 식물원을 구경하는 사람도,

감시하는 로봇도 없었다. 민아의 손끝이 수련 꽃잎을 가볍게 만졌다. 어? 진짜 꽃이 아니었다. 옆에 있는 이름 모를 풀잎도 만져봤다. 이것도 가짜였다. 가짜인 꽃과 풀과 나무들을 배치해놓고 식물원이라 부른다고? 알면 알수록 이상한 곳이네.

수생식물원을 나왔다. 배가 무진장 고팠다. 곧 2차 주사를 맞아야 하니 아무거나 먹을 수 없었다. 민아는 식당에 들어가 무엇을 시킬지 고민했다. 고기를 먹고 싶다는 생각을 하고 있는데 '식물육'이라는 단어가 보였다. 카운터에서 주문을 받고 있는 로봇에게 물어보니 식물육이란 식물에서 추출한 식재료를 가공해 만든 유사육이라고 했다. 식물로 만든 고기? 그 맛이 궁금해 민아는 감자스프와 함께 함박스테이크를 주문했다. 맛은 놀라웠다. 정말 고기를 먹는 것처럼 육즙이 살아 있어서 식물로 만들었다는 것이 믿기지 않았다. 식물로 고기 맛을 내고 식물이 있어야 할 곳에는 가짜 식물이 있고. 뭐가 뭔지 하나도 모르겠네. 민아는 고개를 가볍게 털어내며 그릇을 깨끗이 비웠다.

든든하게 배를 채우고 주변을 둘러보는데 도서관이 보였다. 신이 난 민아의 발걸음이 아까보다 몇 배로 빨라졌다. 도서관에 가득 들어찬 책들이 민아를 반겼다. 샤이어에 책과 도서관이 존재한다는 사실에 안도감이 들고 진심으로 기뻤다. 정겨운 책 냄새가 쿰쿰하게 배어 있는 공기를 한껏 들이마시려고 민아는 콧구멍을 벌렁거렸다.

서가를 둘러보며 책을 고르려는데 이상했다. 시집이 한 권도 없었다. 좀 더 자세히 둘러보니 시집뿐만 아니라 소설도 없었다. 열람실을 죄다 뒤져봐도 없었다. 심지어 에세이 책도 없었다. 이게 대체 무슨 일인가 싶어 민아는 의자에 몸을 구겨 앉았다. 몸에서 힘이 죽 빠져나갔다.

아무래도 샤이어는 문학 책들은 전부 전자책으로 읽는 곳인가 보다. 어찌 되었든 민아는 문장이 고팠다. 시를 읽고 싶었다. 시가 없다면 내 머릿속에 있는 시를 꺼내면 되지. 도서관 내부를 조용히 다니는 로봇에게 종이 한 장과 펜을 달라고 했다. 민아는 햇살이 내리꽂히는 창가 빈자리에 앉았다. 암기하고 있는 시는 딱 세 편이었다. 그중 하나가 조용미 시인의 시 「나의 몸속에는」이었다. 민아는 시의 문장을 이면지에 적어나갔다.

나의 마음속에는 내가 알지 못할 고통이 있다
잘 만져지지 않는 딱딱하고 커다란 고통이 있다
천만 볼트에 육박하는 고통이 있다
전류가 느껴지지 않는 이상한 고통도 함께 있다 *

* 조용미, 「나의 몸속에는」, 『나의 다른 이름들』, 민음사, 2016.

문장을 쓰고 나자 시의 단어들이 몸에 박혔다. 천만 볼트가 흐르는 전기에 감전된 사람처럼 민아는 전율을 느꼈다. 가슴에서 머리로 가득 차오르는 슬픔을 감당해야만 했다.

연기를 하면서 많은 대본을 읽었지만 가슴이 꽉 채워지는 느낌은 들지 않았다. 시를 읽을 때는 달랐다. 시의 언어들이 가슴의 빈 공간을 빈틈없이 메웠다. 암에 걸렸다는 사실을 알게 되었을 때, 항암 과정에서 고통들과 싸워야 했을 때 시를 읽으며 눈물을 흘리면 기분이 맑아졌다. 현실을 견딜 힘이 생겼다.

눈을 질끈 감고 뜨거운 날숨을 내쉬는데 인기척이 느껴졌다. 눈을 떴더니 어떤 애가 빠르게 다가와 민아 옆자리에 앉았다. 그 애는 고개를 길게 빼고는 민아가 쓴 글자를 훔쳐보더니 손을 뻗었다. 종이를 한 손에 쥐고 단숨에 구겨버렸다.

"아!"

민아의 날선 항의에 그 애는 손가락을 입술에 갖다 댔다.

"쉿."

이게 대체 무슨 짓인지 따지고 싶은데 그 애 얼굴이 보통 심각한 게 아니었다. 황당한 표정으로 자기를 올려다보는 민아에게 그 애는 따라오라는 손짓을 보냈다. 도서관에서 시끄러운 소동을 피울 수 없으니 일단 민아는 순순히 그 애를 따라 나갔다. 그 애는 도서관 근처를 빠르게 벗어났다.

그 애는 로봇을 파는 상점으로 보이는 건물로 들어갔다.

진열돼 있는 상품도 로봇이었고 상품을 파는 직원들도 모두 로봇이었다. 그 애는 2층으로 올라가 아무 의자에 앉더니 자기 옆자리를 손으로 툭 한 번 쳤다. 너도 앉으라는 뜻이었다. 민아는 멀뚱멀뚱 눈을 깜빡이다가 그 애 앞으로 다가갔다.

"미안, 놀랐지. 난 현준. 넌?"

이 당돌하고도 무례한 녀석에게 이름을 가르쳐주고 싶지 않았다. 민아는 자신의 시를 돌려받자마자 녀석으로부터 멀어지리라 다짐했다.

"돌려줘."

현준이 주먹을 살며시 펼쳤고 휴지 조각처럼 구겨진 종이가 모습을 드러냈다. 처참히 뭉쳐진 종이를 보는 민아의 얼굴도 함께 일그러졌다.

"도서관에 시집이 왜 없는 줄 아니?"

현준의 물음에 민아는 입을 꾹 다물었다. 말을 섞고 싶지 않았다.

"여기서 문학은 금기야."

금기? 해서는 안 되는 일이라고?

"다른 건 다 가능하지. 근데 문학은 할 수 없어. 방금 네가 시를 썼다는 사실을 국가에서 알게 되면 널 감옥에 가둘 거야."

시를 쓴다는 이유만으로 사람을 교도소에 가둔다고? 민아의 머릿속은 풍선처럼 부풀어오른 궁금증으로 폭발 일보 직전이었다.

"대체 왜?"

"여기선 쓸모 있는 문장만 쓸 수 있어. 모든 것이 완벽하고 유쾌하고 행복해야 하지. 웃음이 넘쳐야 하는 거야, 철철. 그래서 조금만 우울하거나 불만이 생기거나 힘들다고 징징대면 정부에서 사람을 보내 달래지. 그러면 문학이 없어도 된다고 생각하는 거야."

민아는 자신도 모르게 뾰로통한 표정을 짓고 있었다.

"말도 안 돼."

"나도 그렇게 생각해. 슬프거나 저항적인 이야기가 가득한 문학이 위험한 게 아니라 언제나 웃고 즐겁고 완벽해야 한다는 생각이 더 위험하다고 봐."

마침내 민아의 질문 보따리가 열렸다.

"그럼 넌 여기 시민이 된 걸 후회하니?"

현준은 잠깐 망설였다.

"여기에서 태어났으니 후회할 일은 아니지."

"너도…… 시를 쓰니?"

"물론."

민아의 눈동자가 흔들렸다.

"네가 뭔가를 쓸 때부터 주목했어. 시를 쓰면 안 되는 곳에서 시를 쓰니까 점점 더 예민해져. 그래서 시를 쓰거나 시를 몸에 담고 있는 사람들을 금방 알아봐. 거짓말 같지?"

"어떤 기를 느끼는 건가?"

'금기' 이야기를 하며 딱딱하게 굳어 있던 현준의 얼굴이 스르륵 풀려갔다.

"넌 참 질문이 많구나?"

"그런 말 많이 듣지."

고개를 주억거리다가 현준은 진중한 목소리로 말했다.

"그럼 넌 이미 시인이구나."

쿵, 하고 단단한 벽돌 하나가 민아의 뒤통수를 치는 듯했다. 놀라운 일을 목격한 사람처럼 심장이 두근거렸다.

"우리 아지트 가볼래?"

현준이 불쑥 물었다.

"아지트?"

"은밀히 시를 쓰는 사람들이 아직 있어."

*

동수는 미키와 함께 커다란 공장에 내렸다. 미키가 손가락을 튕기자 공장의 거대한 문이 저절로 열렸다. 공장 안에는 수많은 로봇 샘플들이 일렬로 배열되어 있었다.

"레그 22, 23."

미키의 목소리가 공장에 쩌렁쩌렁 울렸다. 로봇 두 대가 천장 가까이 날아오르더니 유유히 동수와 미키가 있는 쪽으로 방향을 틀었다. 동수 앞에 로봇이 착륙했다. 동수는 숨이 막혔다. 다리 모양으로 생긴 튼튼한 로봇에서 찬란한 빛이 새어나왔다.

"레그 22, 23은 인간의 다리를 보조하는 생체 로봇이죠."

미키가 설명하지 않아도 보자마자 알 수 있었다. 이것들을 동수의 다리에 끼워 넣으면 모든 문제가 해결되리라는 것을.

"걸어보시겠습니까?"

미키의 두 손이 동수의 어깨에 지그시 올라왔다. 동수가 고개를 끄덕였고 미키가 팔을 내밀었다. 동수의 두 손이 미키의 팔에 매달리자 미키는 휠체어에 앉아 있던 동수의 몸을 벌떡 일으켜 세웠다. 엄청난 힘이었다. 잠깐 어지럼증이 올라와 힘들었지만 버텼다. 미키의 도움으로 동수가 서 있는 찰나 레그 22와 23이 리드미컬하게 움직였다. 로봇들은 동수의 다리 사이즈에 완벽하게 맞았다.

"천천히 숨을 들이마시고 내뱉으세요. 로봇과 동기화를 하려면 마음을 편안하게 만들어야 합니다."

미키의 지시에 따라 동수는 숨을 천천히 들이켠 뒤 내쉬었다. 정말 오랜만이었다. 이렇게 깊이 숨을 들이마시고 내뱉는 일은. 하지만 아무리 호흡을 깊이 해도 온몸의 긴장이 풀리지 않았다. 동수는 눈을 천천히 감았다. 로봇과 동기화가 되면 정말 걸을 수 있을까. 아주 긴 꿈을 꾸고 있는 거면 어쩌지.

꿈일 거다. 잠에서 깨고 나면 병원이겠지. 샤이어도, 미키도, 이 로봇 다리도 전부 꿈이었다는 사실을 깨닫게 되면 얼마나 허탈할까. 이런 기적 같은 일을 얼마나 간절히 원했으면 이렇게 생생한 꿈을 꿀까. 마음 한구석에 남은 미련을 버리기 위해 동수는 마지막으로 길게 숨을 내뿜었다. 그때 미키가 다시 손가락을 튕기는 소리가 들렸다. 그 소리는 꽤 먼 곳에서 울려 퍼지는 듯 아련하게 울리다가 사라졌다.

"이제 걸어보세요."

미키 말에 동수는 천천히 눈을 떴다. 발가락 하나 움직이지 못했는데 당장 걸을 수 있다고? 로봇이 내 다리를 지탱하고 관절을 대신해줄 수 있을까? 동수는 이를 악물고 두 다리에 힘껏 힘을 주었다. 다리가 부들부들 떨리더니 그대로 앞으로 고꾸라졌다. 그럼 그렇지. 바닥에 철퍼덕 엎어진 채로 동수는 질펀한 욕설을 내뱉고야 말았다.

"포기하시면 안 됩니다."

다들 참 쉽게 말했다. 포기하면 안 돼. 아직 한 달이나 남았잖아. 할 수 있어. 불가능한 일은 없어. 새빨간 거짓말이다. 아직 어른이 아니었지만 동수도 알 건 안다. 세상에 불가능한 일은 차고도 넘친다는 것을.

동수는 움직이지 않았다. 시간이 참 더디 흘렀다. 일 분이 한 시간처럼 느껴졌다. 선명하게 들렸던 미키의 목소리가 뭉개지더니 아련히 멀어졌다. 거대한 진공에 둘러싸인 듯했다.

어젯밤 아주 생생한 꿈을 꾸었다. 동수는 가족들과 바다에 있었다. 바로 코앞에 푸른 바다가 보였고 넘실대는 파도 소리가 선명하게 들렸다. 오랜만에 보는 바다였다. 여동생은 태어나 처음 보는 바다였다. 깔깔 웃으며 파도를 구경하고 있는데 동생이 모래사장을 내달렸다. 동생과 함께 뛰고 싶다고 생각하는 순간 커다란 파도가 물보라를 일으키며 밀려들었다. 해일로 착각할 만큼 엄청난 파도의 높이에 입이 떡 벌어졌다. 가족은 물론이고 휠체어에 타고 있던 동수까지 바닷물을 뒤집어썼다. 바닷물에 떠밀려간 동수 몸이 바닥에 닿았다. 엎드려 있는 동수 위로 바닷물이 쏟아졌다. 몸이 홀딱 젖었다. 가족들이 무사한지 둘러보려는데 집채만 한 큰 파도가 시선을 사로잡았다. 파도의 높이에 동수의 몸이 부들부들 떨렸다. 저 파도가 몸을 덮쳐 온다면 그대로 바닷속으로 쓸려갈 것 같았다. 필사적으로 팔에 힘을 줘 육지 쪽으로 기어가기 시작했다. 젖먹던 힘을 다해 발버둥치다가 동수는 깨달았다. 다리에 감각이 돌아왔다는 것을. 물에 젖은 다리와 발이 분명 차가웠다. 발에 힘을 주니 놀랍게도 힘이 들어갔다. 기어가던 동수는 뒤를 홱 돌아봤다. 거대한 파도가 몸을 덮치기 일보 직전, 건강하던 시절에 당연히 그랬듯이 동수는 팔에 힘을 주며 일어서는 동작을 취했다. 파도가 온몸을 덮치기 전에 동수는 벌떡 일어났다. 비틀거리는 걸음이었지만 몇 발자국 앞으로 나아가기까지 했다. "야호!" 동수는 만세를 하며 환호성을 질렀다. 모래사장을 펄쩍펄쩍 뛰어다녔다. 얼른 가족에게 자랑하고 싶어 주변을 두리번거리다가 꿈에서 깼다.

"동기화가 아직 덜 됐네요. 제 말을 믿고 생각을 비워보세요."

미키가 동수에게 손을 내밀었다. 미키가 따뜻한 목소리로 말할수록 이상한 서러움이 복받쳐 올랐다. 시민권을 주고 나서 사람을 얼마나 부려 먹으려고 이렇게까지 하나, 의심이 모락모락 피어올랐다. 별다른 수가 없으니 동수는 미키가 내민 손을 잡았다. 미키의 외력으로 동수는 기립대 없이 우뚝 선 자세가 되었다. 머리가 다시 어지럽고 속이 약간 메슥거렸다. 미키가 허리를 구부려 레그 22와 23을 매만졌다. 다리에 감각이 없어 느껴지지 않았지만 옷감이 팽팽하게 당겨진 것이 확연히 보였다.

"깊이 숨을 쉬면서 다시 걸어보시죠."

무거운 돌덩어리를 들어 올린다는 느낌으로 무릎 위 관절을 움직이려고 애썼다. 아까까지만 해도 꿈쩍도 하지 않던 레그 22가 자연스럽게 관절과 근육을 받쳐주자 동수의 다리가 움직였다. 천천히 발이 앞으로 나아갔다. 반 걸음에도 미치지 못한 거리였지만 분명 걸었다.

"그겁니다. 한 번 더 해보세요."

미키의 격려에 힘입어 이번에 동수는 왼쪽 다리를 움직여 봤다. 오른쪽 다리와 마찬가지로 동수에게 필요한 힘을 로봇이 대신 짊어주었고 동수는 아까보다 좀 더 먼 거리에 발을 디딜 수 있었다.

"와."

꿈이 아니었다. 믿을 수 없는 일이 일어났다. 입에서 침이 마르고 애가 탔다. 걸었다는 이 감각을 놓치고 싶지 않았다. 동수는 더 걸어보고 싶었다. 그렇지 않으면 이 모든 것이 꿈일 것만 같았다. 천천히 다리를 들어 올려 한 걸음을 뗐다. 몸이 조금 기우뚱거렸지만 상관없었다. 한 걸음, 그리고 다시 한 걸음. 물밀듯이 밀려오는 기쁨에 가슴이 뻐근했다. 동수는 헤벌쭉 웃으며 두리번거렸다. 꿈속에서처럼 가족을 찾았다. 이 순간을 목 빠지게 기다린 엄마가 당연히 지켜보고 있어야 마땅했다. 하지만 없었다. 아빠도, 동생도, 민아도 없었다.

동수는 미키가 서 있는 곳으로 천천히 걸어갔다.

"이곳으로 가족을 데려올 수 있나요?"

"불가능합니다."

미키는 눈동자를 한 번 굴리고는 말을 이었다.

"이곳에서 새로운 가족을 이루시면 됩니다. 샤이어는 다양한 가족 관계를 존중하죠. 누구하고든 가족을 이룰 수 있습니다. 이곳에 함께 온 친구들과 새로운 가족을 만들고 싶다면 적극 돕겠습니다."

가족을 무슨 동아리처럼 이야기하네. 미키와 더는 말이 통하지 않을 것 같아 동수는 입을 꾹 다물었다.

"아, 한 가지 덧붙이자면 가족을 이룬 후 아이를 낳으시면 엄청난 혜택이 쏟아진답니다. 참고하시죠."

이곳에서는 사람들이 더는 결혼도 하지 않고 아이도 잘 낳지 않는가 보다. 간당간당 위태로운 인구수를 유지하고 있어서 노동력이 부족하고, 그래서 노동이 신성한 거라고 자꾸 강조하는 거다. 느낌이 좀 싸했다. 민아가 예전에 들려준 영화 내용이 생각났다. 모든 여자들이 아이를 출산하는 능력을 잃어버려 새로 태어나는 아이가 제로인 SF 영화였는데 제목을 까먹었다.

미키가 동수에게 드림워치를 내밀었다.

"오늘은 일찍 주무세요. 이 워치 안에 숙소 위치가 내장되어 있습니다. 내일 칩을 이식하러 가겠습니다."

공손히 인사를 한 후 미키는 돌아섰다. 걷자마자 일을 시킬 작정이로군. 점점 멀어지는 미키의 뒷모습을 하염없이 바라봤다. 작은 점이 되기 전에 미키는 걷는 것이 지쳤다는 듯 손을 들어 올렸다. 그러자 미키의 발바닥에서 불꽃이 솟았고 몸이 하늘로 붕 떠올랐다.

동수는 미키가 사라진 곳까지 걸었다. 로봇 무게가 상당해 속도가 빠르지 않았지만 걷고 있다는 실체감이 확연히 느껴졌다. 동수의 입에서 긴 한숨이 새어나왔다. 만약 다시 걸을 수 있다면 그 기쁨을 당연히 가족과 함께 누릴 거라고 믿었다. 기적같이 걸을 수 있게 됐는데 함께 기뻐해줄 사람이 없다니. 걷는 모습을 본다면 자기보다 더 기뻐했을 엄마 얼굴이 선명하게 떠올랐다. 딱딱한 나뭇가지처럼 굳어버린 두 다리를 매일 밤 주무르고 만져준 엄마. 동수가 자는 줄 알고 다리에 얼굴을 묻고 숨죽여 울곤 했던 엄마. 나쁜 일이 좋은 일을 부를 거라고 아이처럼 굳게 믿었던 엄마.

따뜻한 바람이 불어와 뺨을 때렸다. 다시 걸을 수만 있다면 세상을 다 가진 것처럼 기쁠 줄 알았는데 아니었다. 보고 싶은 얼굴만 잔뜩 떠오를 뿐이었다. 그렇게 동수는 하염없이 걸었지만 막상 어디로 가야 할지 알 수 없었다. 막막함을 안은 채 동수는 부지런히 걸어 나갔다. 이거 말고 달리 할 수 있는 일이 없는 사람처럼.

*

혜주는 메이가 놓고 간 서류 뭉치를 뒤적였다. 친절 부서의 서비스를 신청한 사람들 명단이었다. 이들을 한 명씩 만나 친절을 베푸는 것. 그게 지금 혜주가 해야 하는 일이었다.

"어디로 모실까요?"

시동을 걸자 차가 말을 걸어왔다. 혜주는 서류에 적힌 주소를 불러줬다. 모바일 캡슐 문이 자동으로 잠기면서 부드럽게 운행을 시작했다. 잠깐 눈을 감고 휴식을 취하는 사이 벌써 도착한 듯 주차 모드로 바뀌었다.

"도착했습니다."

자동으로 차문이 열렸다. 혜주는 아파트 단지로 들어서면서 동과 호수를 확인했다. 혜주에게 할당된 첫 번째 민원이었다. 잘 해내고 싶었다. 길게 숨을 내뱉은 후 벨을 눌렀다. 모니터 화면에 여자 얼굴이 떠올랐다.

"누구시죠?"

"안녕하세요. 친절 부서에서 나왔습니다."

띠딕, 하는 소리와 함께 자동으로 문이 열렸다. 혜주는 차분한 걸음으로 집에 들어섰다. 여자가 캡슐 커피머신을 만지작거리는 모습이 보였다.

"정부 부서에서 일하면 박봉이라고 하던데."

여자는 혜주 앞에 머그를 놓으며 말했다. 혜주는 샤이어는 물론이고 여기 오기 전 서울의 직장인 연봉에 대해서도 빠삭하게 아는 편이 아니라 뭐라고 대꾸해야 할지 난감했다. 그저 칩이 시키는 대로 부드럽게 미소 지으며 여자의 맞은편 자리에 천천히 앉았다. 머그에서 몽글몽글 피어오르는 김을 보고 있는데 이식한 칩이 깜박였다. 머리로 홧홧한 느낌이 들면서 매뉴얼이 타다닥 떠올랐다. 혜주는 정신을 차리고 가방에서 서류를 꺼내 식탁 위에 올렸다. 서류 맨 위에 새겨진 바코드에 칩을 갖다 대자 서류 안의 정보가 머릿속으로 한꺼번에 들어왔다. 이렇게 칩의 도움을 받았더라면 엄마 소원대로 상위권 한번 찍었을 텐데.

혜주는 이 일을 여러 번 한 사람처럼 능숙하게 여자와 눈을 맞추며 이 상황에 가장 적합한 표정을 지었다.

"면접 때문에 힘드시죠."

여자 입에서 긴 한숨이 새어나왔다.

"네, 저는 장관들 밑에서 일하고 싶지 않거든요. 그래서 기업 면접을 보러 다니고 있는데 너무 기막혀서 졸도할 것 같아요."

"편히 얘기해보세요."

"오랫동안 기다린 면접인데, 어이없는 질문만 하는 거예요. 당신이 인공 지능이나 챗GPT보다 뛰어난 점이 하나라도 있냐. 예민하게 생겼는데 회사 분위기를 흐리지 않을 자신이 있느냐. 우리는 로봇 목소리에 질려서 노래 잘하는 사원을 선호하는데 노래는 좀 하느냐, 이런 것만 묻더라니까요."

모의 면접 대회 예선 장면이 머릿속을 수놓았다. 어이없는 질문과 그것을 당당하게 내친 남자애의 강렬한 눈빛.

"더 황당한 건 AI 면접이에요. 인공 지능이 뭔데 나를 평가하고 떨어뜨려요?"

"힘드셨겠어요."

혜주는 칩이 안내해준, 가장 요긴한 문장 몇 개를 반복적으로 사용했다. 그랬더니 마법의 주문처럼 여자가 자기 말을 쏟아내기 시작했다.

여러 기업에서 황당한 면접이 이어지던 어느 날 여자는 드디어 1차 면접에 합격했다. 1박 2일의 최종 면접만 통과하면 이제 끝이라고 생각했다. 최종 면접의 하이라이트는 능숙하게 주문을 받는 로봇에게 진상 짓을 하는 고객을 상대하는 상황극 면접이었다. 연신 머리를 숙이며 사과를 하는 로봇을 보고도 분이 풀리지 않는 고객에게 필요한 것은 사람의 진심 어린 사과였다. 로봇 옆에 서서 여자는 머리를 깊이 숙이며 말했다. "죄송합니다, 고객님." 그 순간 고객은 무리한 요구를 시작했다. 분이 풀리지 않으니 로봇을 한 대 치겠다는 거였다. 그때였다. 여자의 눈에서 눈물 한 방울이 뚝 떨어졌다.

"더는 못 하겠더라고요. 그래서 솔직히 말하고 나왔어요. 분풀이 대상으로 로봇에게 폭력을 허용하는 것도 싫고 인간이라는 이유로 진상 짓을 해도 다 허용해주는 분위기도 진절머리 나고요. 팀장이 고래고래 고함을 지르며 화를 내더라고요. 그대로 면접장을 나와 쉬지 않고 걸었습니다. 그곳에서 최대한 멀리 떨어지고 싶었거든요."

혜주는 여자의 말을 조금은 이해할 수 있었다. 엄마가 고함을 지를 때, 학원 선생님이 잔소리를 퍼부을 때 혜주도 최대한 멀리 도망가고 싶었다. 자신을 지킬 수 있는 방법은 그것밖에 없다는 듯 혜주는 온갖 거짓말로 병원으로 도망쳤다.

여자의 손가락이 떨렸다. 혜주는 자연스럽게 여자의 비어 있는 잔에 커피를 채웠다. 여자의 이야기를 들으며 연신 고개를 주억거렸지만 이해가 가지 않았다. 과학 기술이 더 발전된 사회라면서 혜주가 있었던 곳만큼 취업이 어렵다니. 노동력이 부족하다고 했던 미키의 말이 생생하게 떠올랐다. 좀 이상한 곳이야. 뭔가 앞뒤가 안 맞는다는 느낌이 강하게 들었다.

상담이 끝나자마자 허둥지둥 여자의 집을 빠져나왔다. 여자가 쏟아낸 말들에 귀를 기울이느라 기운이 다 빠졌다. 점심에 먹은 스테이크와 샐러드가 이미 다 소화될 지경이었다. 혜주는 아무 카페에 들어가 요거트 스무디를 흡입했다. 복잡해진 머릿속을 차분하게 정리하고 싶었지만 뜻대로 되지 않았다. 여자가 들려준 말들이 전혀 정리되지 않아 마음이 어지러웠다.

"있죠. 저는 가끔 여기가 무서워요. 여기는 모든 것이 단 하나의 기준으로만 흘러가요. 효율성. 전문직은 인공 지능으로 대체되고, 결국 사람을 상대하는 서비스직에서만 사람을 뽑죠. 사람 상대하는 일이 얼마나 피곤해요. 그러니 사람들이 우울과 불안, 스트레스를 호소하는데, 그걸 달래는 건 또 사람이 해요. 그러다가 일을 못 하겠다고 하면 굶든지 말든지 관심을 끊죠. 노동을 하지 않으면 방치하고요. 일을 하지 않을 권리를 주장하는 사람들은 암암리에 피를 팔아서 생활한다고 들었어요. 한마디로 쓸모없으면 죽어라, 이 말이죠."

혜주의 귓가에 엄마의 목소리가 쩌렁쩌렁하게 울렸다.

'자식을 뭐 하러 낳아서 이 고생인지.'

차가운 음료가 들어갔지만 혜주의 입 안은 쩍쩍 갈라졌다.

칩이 이끄는 대로 나머지 일정을 소화했다. 드림워치를 최신 기종으로 바꿔주지 않는 부모에게 불만이 많아 서비스를 신청한 고등학생(이건 교육부에서 해야 하는 일 아닌가?), 수도관에서 시커멓고 작은 검은 입자들이 나온다고 입에 게거품을 물고 불편을 신고한 젊은 부부(이건 환경관리국에서 처리해야지!), 허리 통증이 시작되었는데 병원에 가야 할지 말아야 할지 판단이 서지 않는다는 중년 여성(그냥 병원에 가서 의사한테 물어보면 안 될까요?), 자신이 투자한 외계 행성 거래용 코인이 상장 폐지되게 생겼다며 울먹이는 청년(금융 전문가를 찾아보시죠.)까지 거쳤더니 저녁 6시가 훌쩍 지나 있었다.

혜주는 기진맥진해진 몸으로 차에 겨우 올라탔다. 친절 서비스가 필요한 사람은 차고 넘쳤다. 어찌 보면 사소해 보이는 일까지 전부 케어받고 싶어 하는 사람들의 마음을 이해하려다가도 자꾸만 화딱지가 났다. 민아와 동수 생각이 났다. 그 아이들은 엄청난 시련 앞에서도 얼마나 의연했던가. 그런데 이곳 시민들은 몸이 좀 아프다고, 부모가 드림워치를 최신 기종으로 바꿔주지 않는다고 국가에 친절 서비스를 신청하다니!

한 장의 서류가 남았다. 내일 하면 안 될까? 혜주는 충분히 피곤했다. 메이에게 전화를 걸어 솔직히 말했다. 짧은 시간에 많은 사람을 상대했더니 무척 피곤하다고. 남은 한 사람은 내일 오전에 만나겠다고 했더니 메이는 그 특유의 비음 섞인 목소리로 부드럽게 말했다.

"오늘 종일 기다리셨을 텐데 혜주 님이 안 온다는 소식을 들으면 그분이 얼마나 속상하시겠어요. 안 그래요?"

서비스를 신청한 시민을 위한 곡진한 마음이 친절과 함께 철철 흘러 넘쳤다. 알았다고 대답하고는 전화를 끊었다. 메이의 말투는 부드러웠지만 그 안에 담긴 내용은 그렇지 않았다. 시끄럽고 그냥 시키는 대로 해. 그거였다. 칩이 내리는 명령으로도 짜증이 나는데 은근슬쩍 덧붙이는 메이의 명령들까지……. 하루 만에 혜주는 녹초가 되었다.

배에서 꼬르륵 소리가 새어나왔다. 저녁도 먹지 못하고 첫날부터 야근을 하게 생겼네. 아니지. 야근이 아니라 초과 근무가 맞는 말이라면서 정확한 단어를 사용하는 게 중요하다고 강조한 사람은 사회샘이었다. 아, 갑자기 사회샘 보고 싶네. 근데 이 사람들 초과 근무 수당은 챙겨주는 거야?

혜주는 새삼 깨달았다. 친절은 무서운 거구나. 잘못하면 사람 여럿 잡겠구나. "안 그래요?"라고 반문하는 메이의 목소리에는 친절이 좌르르 흘렀다. 이렇게 상냥하고 부드러운 목소리에 누가 감히 반박할 수 있단 말인가. 혜주는 자기에게 어울리지 않는 말 잘 듣는 모범생 캐릭터로 무장하고 얌전히 새로운 목적지를 읊었다.

*

"아지트 가볼래?"

민아가 고개를 끄덕이자 현준은 자리에서 일어났다. 구겨
진 종이를 주머니에 다시 쑤셔 넣고는 길을 성큼성큼 걸었다.
민아는 한 걸음 뒤에서 현준을 조용히 따라갔다. 고개를 아래
로 처박고 오래 걸어서일까. 뒤로 미뤄두었던 생각들이 하나
씩 달려들었다.

공부를 열심히 했다. 좋은 성적을 받아오면 엄마가 기뻐했
다. 촬영 현장에 가면 불평이나 불만 없이 묵묵히 일했다. 큰
돈은 아니었지만 출연료가 필요했다. 출연료가 들어오면 엄
마가 안도의 한숨을 쉰다는 것도 알았다. 숨이 막힐 것같이
지칠 때면 민아는 친구들과 수다를 떨었다. 친구들과 함께 있
으면 스트레스가 풀렸다. 친구들 연애 사건에 감 놔라 배 놔
라 간섭하며 낄낄거리는 걸 좋아했다. 그럴 때면 잠시나마 자
신을 옥죄는 압박들에서 벗어날 수 있었다.

공부도, 연기도 민아에게 즐거운 일은 아니었다. 해야만 하
는 일일 뿐이었다. 민아는 몹시 궁금했다. 나는 언제 기쁘고
즐겁지? 선뜻 답할 수 없었다. 스스로에게 한 번도 물어본 적
없어서 어색하기만 한 물음이었다.

민아의 삶은 엄마를 중심으로 돌아갔다. 엄마를 기쁘게 하
기 위해 민아는 몸이 두 조각이 나도 괜찮다고 생각했다. 엄

마를 행복하게 할 수 있다면 무슨 짓이든 할 수 있었다. 자신을 키우고 책임지기 위해 엄마가 무엇을 희생하고 포기했는지 누구보다도 정확히 알고 있는 민아였다. 엄마의 사랑에 보답하기 위해 민아는 자신에게 등을 돌렸다. 몇 번이고 기꺼이 그랬다.

넌 무얼 하고 싶니?

아무도 민아에게 물어보지 않았다. 엄마 또한 그랬다. 사는 게 퍽퍽하니 그럴 정신도 없었을 것이다. 누군가 한 번이라도 물어봤다면 민아는 뭐라고 대답했을까?

"여기야."

지하로 통하는 통로가 보였다. 현준이 먼저 계단을 잽싸게 내려갔다. 계단 벽면을 가득 채운 그라피티는 지하실 아지트로 들어서자 더 과감해졌다. 한쪽에 달린 커다란 스피커 옆으로 기다란 원목 책상이 눈에 들어왔다. 현준이 냉장고로 다가가자 냉장고 위에 가만히 있던 로봇이 포르르 날아올랐다. 목을 죽 빼고 그라피티를 정신없이 구경하고 있던 민아가 깜짝 놀라 "어맛!" 하고 외치자 현준은 씩 웃었다.

"내 반려 로봇이야. 쿠, 인사해."

작은 드론처럼 공기 중을 떠다니던 쿠는 새로 만난 사람이 쑥스럽다는 듯이 유유히 구석 자리로 날아가버렸다. 현준은 냉장고에서 생수병을 두 개 꺼냈고 민아는 의자에 앉았다.

"부탁이 있어."

물을 한 모금 마신 후 현준은 단도직입적으로 말했다.

"시를 써줘."

민아는 도리질을 치다가 두 손을 휘휘 내저었다.

"안 돼. 안 쓴 지 너무 오래됐어."

"상관없어."

현준의 검은 눈동자가 민아를 똑바로 쳐다보고 있었다. 레이저가 발사되는 것처럼 초롱초롱하고 강렬한 눈빛이었다. 그 눈빛은 웬만한 일에 주눅 드는 법이 없는 민아를 단숨에 긴장시켰다.

"최근에 언제 시를 읽었어?"

현준의 물음에 민아는 곰곰이 생각에 잠겼다.

"음, 일주일 전쯤?"

"난 이 년이 넘었어."

민아도 생수병을 따서 물을 마셨다. 목이 탔다.

"좋은 시를 못 읽은 지 오래됐어. 좋은 시와 시어를 잊고 싶지 않은데 그게 힘든 일이더라고."

"내가 외우고 있는 시가 한 편 더 있어. 그걸 써줄게."

현준은 천천히 고개를 가로저었다.

"네가 쓴 시를 원해."

'어째서?'라고 묻고 싶었지만 그러지 않았다. 자신이 쓴 시를 읽자마자 손아귀에 넣고 구기고 싶을 거라는 말도 하지 않았다.

"사막에서는 물이 귀하지. 먹을 것이 없는 곳에서는 음식이 귀하고. 당연히 여기에서는 창작을 하는 사람이 귀해."

아무 대답 없이 민아는 생수병을 비웠다. 있지, 암 환자에게는 물을 마시는 일이 귀하다는 거 아니? 밥을 먹고 잠을 자고 물을 마시는 일이 절대 당연한 일이 아니라는 거, 너 모르지?

"시간이 꽤 걸릴 텐데."

"괜찮아."

현준은 창고처럼 생긴 방에 들어가 담요를 꺼내 왔다. 아지트 한쪽 벽면에 놓인 소파 위에 담요를 올려두었다.

"오늘은 여기서 자도 돼. 아무도 방해하지 않을 거야."

난감해진 민아는 미간을 잠깐 찌푸렸다.

"숙소로 돌아가야 해. 아니면 시민권 담당자가 날 찾으러 다닐 거야."

"그렇구나. 그럼 밤에 돌아가야겠네."

현준은 잠깐 말을 멈추고는 민아를 지그시 내려다봤다.

"내일 다시 와줄래?"

현준의 눈동자가 별빛처럼 반짝였다.

"그럴게."

잠시 뒤 현준은 볼일이 있다며 아지트를 나갔다. 민아는 아지트 내부를 혼자 서성이다가 어지러움을 느꼈다. 비틀거리는 걸음으로 소파에 다가가 몸을 기댔다. 아까 맞은 주사

때문인가? 부작용이 없는 주사라고 했는데 아닌가? 민아는 손바닥으로 가슴을 지그시 누르며 어지럼증이 사라질 때까지 기다렸다.

무얼 할 때 가장 기쁘고 설레는가. 그 질문에 민아가 시를 쓰고 싶다고 답한다면 사람들은 망설이지 않고 이렇게 대꾸했을 것이다.

너 완전 맛이 갔구나? 시 같은 거 쓰면 굶어 죽어. 시인들 연봉이 얼마인지 모르니? 너희 엄마가 알면 기절하겠다, 얘.

공부를 제법 잘하니 공부를 계속하는 게 현명할 수도 있겠다. 연기를 좀 더 해보고 싶은 마음도 있다. 보라가 자기를 은근히 무시할 때, 아빠가 왜 넌 주연 자리를 꿰차지 못하느냐고 윽박지를 때, 엄마가 통장 잔고를 확인하며 한숨을 쉴 때 잠깐이지만 꿈을 꾼 적도 있다. 보란 듯이 보라처럼 배우로 성공한다면 많은 것이 달라지지 않을까 싶었다.

하지만 한 가지 질문이 끈덕지게 민아를 괴롭혔다.

연기를 할 때 기쁘고 행복한가? 돈을 받지 않는다 해도 연기를 할 정도로 좋아하는가?

시를 쓸 때마다 종종 일곱 살로 돌아가곤 했다. 그때 민아는 처음으로 피아노를 배우러 갔다. 명령을 기다리며 고요히 정지해 있는 열 손가락을 뚫어져라 바라보았다. 하나, 둘, 하나, 둘. 박자를 세는 선생님의 목소리에 손가락이 저절로 움직였다. 손가락 열 개가 현란하게 움직이며 건반에 닿았다.

하나의 음이 다음 음과 합쳐지자마자 사라졌고 사라지자마자 또 다른 음이 끼어들었다. 신비로웠다. 머릿속에서 물고기가 자맥질을 하는 모습이 떠올랐다. 손가락들이 물고기처럼 가라앉았다가 건반을 누르고 나면 스르륵 솟아올랐다.

피아노를 배우지 못하게 된 이후에도 시를 읽을 때마다 건반 앞에 앉아 있던 순간이 떠올랐다. 시를 읽을 수 있는 시간은 점점 사라졌다. 시험공부에 밀렸고 촬영 스케줄에 밀쳐졌다. 피아노처럼 시를 속절없이 잃어버리게 될까 봐 민아는 종종 두려웠다. 그러면서도 시를 슬그머니 피해 다녔다. 막상 시를 쓰고 나면 마음에 든 적이 한 번도 없었다. 재능이 없으니 시인이 될 수 없겠구나. 자꾸만 같은 결론에 도착했다.

소파에서 비실거리며 일어나 책상 앞으로 걸어갔다. 새 노트가 단정히 민아를 기다리고 있었다. 노트의 겉면을 넘겼다. 텅 빈 종이를 마주했다. 무엇이든 쓸 수 있을 것 같았고 동시에 한 글자도 쓸 자신이 없었다. 수십 개의 단어가 머릿속에 바글거렸다.

첫 단어를 적었다. 슬픔. 그리고 고통. 암에 걸린 후 민아를 하루도 빠짐없이 찾아온 단어들. 그 후 마법 같은 일이 벌어졌다. 첫 단어가 다음 단어를, 그 단어가 다음 단어를 낚싯줄에 걸린 물고기처럼 주르륵 끌어당겼다. 그렇게 순식간에 시를 완성했다.

슬픔이여.

너의 얼굴을 보여주렴.

나는 너에게서 기쁨과 희망을 읽어 내리니.

고통이여.

너의 목소리를 들려주렴.

나는 너에게서 지혜로움을 발견할 테니.

　마지막 단어를 적으며 민아는 눈을 질끈 감았다. 수면 위로 올라온 물고기의 머리가 찰싹대며 물의 표면에 닿는 소리가 들렸다. 손가락이 누르는 대로 정직하게 몸을 떠는 건반이 손끝에서 느껴졌다. 시를 쓰는 동안 피아노를 치던 손가락의 감각이 생생히 기억났다. 심장이 계속 두근거렸다.

　시를 남겨둔 채 민아는 아지트를 빠져나왔다. 무인 택시를 타고 숙소로 돌아갔다. 엄청난 피로가 한꺼번에 밀려들었다. 민아는 침대로 엉금엉금 기어가다시피 했다. 그러고는 아주 오랜만에 깊은 잠을 잤다.

*

　손목에 찬 드림워치가 부르르 떨렸다. 동수의 손가락이 워치를 터치하자 홀로그램이 떴다. 미키였다. 십 분 후에 1층에서 보자는 말에 동수는 알았다고 대답했다. 대충 세수를 하고 나가자 미키의 모바일 캡슐이 대기 중이었다. 동수는 말없이 차에 올라탔다. 미키는 모바일 캡슐이 얼마나 안전한지, 도로에 배터리가 쫙 깔려 있는 샤이어의 기술력이 얼마나 대단한지 한참 떠들었다. 그러다가 차가 목적지에 가까워지자 목소리를 낮게 깔았다.

"둘러보시고 어떤 부서에서 일할지 알려주시죠."

"결정하면 칩을 심고 바로 일하나요?"

"그렇죠."

동그란 구 모양의 기이한 건물 앞에 차가 정지했다. 미키를 따라 동수는 건물에 들어섰다. 4층에서 데이트 폭력과 바이러스 담당 장관을 만났다. 3층에서 미식가 장관, 자살 예방, 은둔형 외톨이 담당 장관을 소개받았다. 별별 장관이 다 있었다. 이런 장관들이 왜 필요하고 대체 하는 일이 뭔지 동수는 전혀 궁금하지 않았다. 더는 놀랄 것이 없다고 생각했는데 2층에서 만난 장관의 비주얼에 동수 입에서 혼잣말이 절로 튀어나왔다. 골 때린다, 진짜.

"수진, 괜찮아요?"

미키가 예의 상냥한 말투로 물었다. 2층 맨 끝 방에서 홀로 울고 있는 수진은 외로움 담당 장관이었다. 동수는 방문에 붙은 안내 푯말을 보고 알았다.

"오, 미키. 오늘은 좀 힘이 드네요."

창백한 얼굴의 수진은 구슬피 흐느꼈다. 작은 노트북 하나가 달랑 놓여 있는 작은 책상에 키 작은 수진이 홀로 앉아 하염없이 울고 있었다. 얼마나 울었는지 눈이 퉁퉁 붓고 코가 빨갰다. 눈과 코 주위로 휴지 조각이 덕지덕지 붙어 있었다. 코를 풀고 눈물을 닦은 휴지들이 노트북 주위를 사정없이 포위한 상태였다.

"사람들이 점점 고립돼서 걱정이에요."

수진은 작은 입술을 꾹 물어뜯다가 다시 한바탕 울음을 터뜨렸다.

"오늘은 좀 일찍 들어가는 게 어때요?"

미키의 부드러운 말투에 수진은 잠깐 진정되는 듯 보였다.

"그럴까요? 근데 이분은 누구죠?"

수진은 동수에게 시선을 돌리며 물었다.

"전 동수입니다."

동수가 허리를 굽히자 수진은 코를 팽 풀었다.

"오, 동수. 만나서 반가워요."

머뭇거리는 동수에게 미키는 괜찮다는 뜻으로 고개를 부드럽게 끄덕였다.

"어떤 일을 하는지 물어봐도 될까요?"

수진은 휴지로 눈두덩을 꾹 누르더니 말을 이어나갔다.

"저희는 외로움을 느끼는 사람들이 호출하면 언제든지 달려갑니다. 그들이 혼자가 아니라는 사실에 안도할 때까지 시간을 같이 보내드리죠."

동수 머릿속으로 코믹한 장면이 떠올랐다. 외로워요, 어떤 사람이 소리치면 외로움 부서 직원들이 우르르 달려간다. 괜찮아지면 직원들이 우르르 떠나지만 그사이 다시 외로워진 사람이 외로워요, 다시 소리친다. 직원들은 부서 건물에 도착하기도 전에 다시 그 사람을 찾아간다. 이거 왠지 무한 반복이겠는데.

동수가 무슨 생각을 하는지 간파했다는 표정으로 미키가 불쑥 말했다.

"외로움과 우울증으로 한 해 15조 이상의 손실이 발생한다는 걸 아십니까?"

동수의 눈썹이 움찔했다. 이놈의 인공 지능은 남의 생각도 읽는 건가? 15조든 20조든 직원들이 달려가서 외로움이 사라진다면 다행이지만 그게 과연 현실적으로 가능할까 의문이 들었다. 동수는 미키의 말을 무시하고 외로움 장관 수진에게 물었다.

"저, 실례가 안 된다면 무슨 일 때문에 우셨는지 물어봐도 될까요?"

금방이라도 다시 눈물을 쏟아부을 것처럼 수진은 슬픈 미소를 지었다.

"임신 중에 아이를 잃은 여성이 생겨서요."

미키의 입에서도 탄식이 흘러나왔다.

"오, 저런."

"아이를 잃은 엄마의 마음이 얼마나 찢어질지 상상이 안 돼요. 물론 샤이어도 슬프고요. 한 명의 시민이 얼마나 소중한지 샤이어는 잘 알고 있으니까요."

차분히 말을 이어 가던 수진이 다시 눈물을 흘리기 시작했다. 샤이어는 국가의 이름인데 왜 국가를 생명체가 있는 한 사람처럼 말할까. 미키는 어디에서 구했는지 따뜻한 차를 건네며 수진의 어깨를 가만히 쓰다듬었다. 사람보다 더 사람 같은 미키의 행동을 볼 때마다 동수는 소름이 끼쳤다.

아이를 잃은 엄마의 마음. 동수는 뺨을 타고 흐르는 수진의 눈물을 바라보며 엄마 생각을 했다. 태중에 있던 아이를 잃어도 심장이 찢어지고 우울증에 걸리는 것이 엄마의 마음일 텐데 지금쯤 엄마는 어떨까. 감쪽같이 내가 사라진 것을 알면 미친 사람처럼 뛰어다니며 병원을 샅샅이 뒤지고 다니겠지. 가뜩이나 많아진 흰머리가 머리를 가득 뒤덮는 건 아닐까. 그러다가 정신줄이라도 놓으면 큰일인데.

동수는 꼿꼿이 서 있는 자기의 두 다리를 내려다봤다. 돌아가야 한다. 머릿속이 그 어느 때보다 맑고 단순했다. 엄마를 위해, 가족들을 위해 돌아가야만 했다. 사랑 병원으로.

수진이 눈물을 그치자 미키는 이만 나가자는 눈빛을 보냈다. 건물 1층 로비에서 미키는 동수에게 결정을 재촉했다.

"하루만 더 시간을 주실 수 있을까요? 일하고 싶은 곳이 많아서요."

거짓말이 잘도 흘러나왔다. 다행히 인공 지능 로봇에게 사람의 말이 진실인지 거짓말인지 구분하는 능력은 아직 없는 모양이었다. 미키는 골똘히 생각에 잠기는 표정을 짓더니 자연스럽게 고개를 끄덕였다.

"좋습니다. 내일은 꼭 결정해주셔야 합니다."

동수와 미키의 눈이 마주쳤다. 미키는 한결같은 눈빛으로 동수를 바라봤다. 호기심도, 의심도 없는 눈빛이었다. 바로 그 순간 동수는 사람과 로봇이 어떤 부분에서 다른지 알 것 같았다.

"그럴게요."

동수는 미키가 건물을 빠져나가는 모습을 지켜봤다. 미키의 모습이 사라지자 안도감이 밀려들었다. 일단 미키를 속이는 데 성공한 것 같았다. 민아를 만나야 했다. 지금 민아는 어디에 있을까?

바다! 그 단어가 번뜩 떠올랐다. 민아는 늘 바다를 보고 싶어 했다. 한 번도 바다를 본 적이 없다고 늘 아쉬워했다. 만약 샤이어에 바다가 있다면 민아는 바다를 보러 가지 않을까?

동수는 워치를 톡톡 두드려 홀로그램을 띄웠다.

"샤이어에 바다가 있니?"

바다가 있었다. 워치는 바다 위치를 선명하게 보여주다가 동수의 현위치에서 바다까지 가는 최단 경로를 보여줬다.

건물을 빠져나와 동수는 가까운 공원으로 걸어갔다. 분수대 옆으로 공원을 청소하는 로봇이 보였다. 모든 것이 깔끔하고 정돈되어 있었다. 게다가 강렬한 햇살 때문에 공원 전체가 밝고 활기찬 느낌을 줬다. 그런데 아무리 걸어도 땀이 나지 않았다. 혹시 이 도시는 돔으로 둘러싸인 게 아닐까? 그래서 적당한 온도와 습도가 유지되는 건가? 하긴 그건 사랑 병원도 마찬가지이긴 했지.

이곳에 왜 외로움 담당 부서가 필요한지 알 것 같다. 외로움과 어울리지 않는 도시의 지나치게 밝은 이미지가 마음에 걸렸다. 모든 것이 제자리에 있고 깔끔한데 결정적으로 이곳에는 따뜻함이 부족하다. 한마디로 정겨움이 없다고나 할까. 따뜻한 온기와 부드러운 정겨움. 곧바로 동수는 엄마의 거친 손바닥을 떠올렸다. 민아의 환한 미소를 생각했다.

사고를 당하고 다리를 움직이지 못한다는 사실을 깨달았을 때 만약 혼자였다면 어땠을까. 동수는 상상조차 하고 싶지 않았다. 가족이 있기에 엄청난 일을 감당할 수 있었다. 혼자가 아니었기에 걷지 못하는 하루하루를 견뎠고 시시껄렁한 농담까지 할 수 있었다.

드림워치에 따르면 바다까지는 걸어서 한 시간 거리였다. 모바일 캡슐을 타고 싶지 않았다. 걷고 싶었다. 병원으로 돌아가면 다시 걸을 수 있을지 없을지 알 수 없는 상태가 될 테니까. 동수는 마지막이 될지 모르는 산책을 앞두고 하늘을 한 번 올려다봤다. 파란 하늘 사이로 크기가 다양한 드론이 쉴 새 없이 떠다녔다. 소음 하나 없는 드론을 신기하게 쳐다보다가 동수는 걸음을 뗐다. 민아와 가족들을 다시 만날 수 있기를 간절히 소망하면서.

*

저녁을 먹고 산책을 나왔다. 해가 졌는데도 별로 쌀쌀하지 않았다. 날씨 하나는 완벽하네. 근무 첫날이 주는 피로감과 긴장감이 아직 혜주의 몸을 감싸고 있었다. 혜주는 심호흡을 하고 싶어 깊이 숨을 들이마셨다.

"저기요!"

다급하게 누군가를 부르는 목소리가 들렸다. 혜주는 무표정한 얼굴로 주변을 두리번거리다가 계속 걸음을 옮겼다.

"잠시만요!"

흠칫 발걸음을 멈췄다. 목소리가 한결 더 분명하고 또렷하게 들렸다. 혜주는 소리가 들리는 방향으로 고개를 꺾었다.

"맞아요, 여기."

그냥 지나칠 수 없는 간절한 목소리였다. 혜주는 무작정 소리가 들리는 쪽으로 몇 걸음 나아갔다. 건물과 건물 사이의 통로로 쑥 들어가자 사람 두 명이 몸을 겨우 숨길 만한 좁은 공간이 있었다. 여자는 그곳에 몸을 숨긴 채 고개만 길게 뺀 상태였다.

"저를 부르신 건가요?"

"맞아요. 저 좀 도와주세요."

"제가요?"

이곳의 시민이 되었지만 혜주는 샤이어를 잘 몰랐다. 이곳의 지리도, 시스템도 파악하지 못했다. 그런 주제에 누가 누구를 돕는단 말인가.

"아니, 저는, 여기를……."

"잠깐만 저를 숨겨주면 돼요. 집이 있죠?"

집이 없다고 거짓말을 할 수는 없어 혜주는 가만히 고개를 한 번 끄덕였다. 그랬더니 여자는 혜주의 옷소매 끄트머리를 세게 쥐었다. 혜주는 누군가한테 쫓기는 듯 초조해 보이는 여자를 훑어봤다. 이 완벽한 온도와 습도에 맞지 않게 땀을 흥건히 흘리는 여자의 얼굴이 몹시 불안해 보였다. 이 사람을 집에 데리고 가도 될까? 판단이 서지 않았다.

"한 번만 도와줘요."

한 번만. 소원을 빌거나 기도를 할 때면 혜주는 자주 그 단어를 썼다. 한 번만 엄마로부터 벗어나게 도와주세요. 성적이 조금 오르도록 한 번만 기회를 주세요. 혜주의 마음이 급격하게 약해졌다.

"따라오세요."

혜주는 이곳에 오랫동안 거주한 시민처럼 당당한 발걸음

으로 아까 왔던 길을 돌아갔고 여자는 혜주 뒤에 바짝 붙어 걸었다. 집에 들어가자 여자는 바닥에 쓰러지다시피 주저앉았다. 혜주는 무엇을 해야 할지 몰라 갈팡질팡하다가 생수병을 내밀었다. 여자는 고개를 꾸벅 숙여 감사 인사를 건넨 뒤 물을 마셨다.

"칼이 있나요?"

"칼이요?"

여자의 행동이 도무지 이해되지 않아 혜주는 가만히 서 있었다.

"이걸 없애야 해요."

여자가 손톱 밑을 가리켰다. 그제야 왜 칼이 필요한지 납득했다. 혜주는 부엌 서랍장을 뒤져 칼을 찾아냈다. 여자에게 칼을 내밀자 여자는 떨리는 손으로 받았다. 잠시 호흡을 고르던 여자가 칼끝을 손톱 밑에 갖다 댔다. 피가 흐르고 여자의 입에서 작은 신음 소리가 새어나왔다. 하지만 여자는 멈추지 않았고 곧 작은 칩이 바닥에 떨어졌다.

"무슨 일인지 설명을 좀 해주세요."

혜주의 목소리가 집 안에 울려 퍼졌다. 여자는 남은 생수병의 물을 목구멍에 털어 넣은 뒤 입을 열었다.

"샤이어를 잘 모르죠? 여기 시민이 된 지 얼마 안 됐잖아요."

"그걸 어떻게 아세요?"

"당신 손톱. 칩을 이식한 상처가 아직 아물지 않았으니까."

여자는 바닥에서 일어나 식탁 의자에 앉았다. 등받이에 몸을 기대면서 혜주에게도 앉으라는 손짓을 건넸다. 혜주는 여자의 건너편에 앉았다.

"여긴 꽤 괜찮은 곳이에요. 궂은일은 로봇이 다 하고 사람들은 행복하기만 하면 되죠. 외롭다고 징징대면 사람을 보내주기도 해요. 그런데 딱 하나, 결정적인 문제가 있죠."

'그게 뭔데요?'라고 물으려다가 혜주는 조용히 다음 말을 기다렸다.

"인구 부족. 사람들이 더는 아이를 안 낳으니 인구수가 계속 줄어들고 있다는 거."

"그게 왜 문제예요? 사람이 부족하면 그만큼 로봇이 일을 하면 되지 않나요?"

자신이 생각해도 꽤나 논리적인 반박에 혜주는 기분이 살짝 좋아졌다.

"세금."

여자가 고개를 살짝 들어 올리며 혜주를 주시했다.

"로봇은 세금을 내지 않거든요. 나라가 유지되려면 세금을 낼 사람들이 필요하죠."

세금이 그렇게 중요한가? 혜주는 세금에 대해서는 아는 바가 없었다. 문득 미키가 했던 말이 떠올랐다. 여기는 열다섯 살만 되면 시민권을 발급해주고 일을 시킨다고. 그것도 세금 때문인지 몰랐다.

"몇 년 전부터 인구수 감소가 심각한 사회 문제로 대두됐어요. 그래서 국회는 스무 살부터 서른 살까지의 여자에게 무조건 한 명 이상의 아이를 낳도록 하는 법안을 통과시켰죠. 아이를 낳으면 놀라운 혜택을 주는 건 물론이고요. 지금 전 스물아홉 살이고 아이를 낳지 않겠다는 뜻을 전했어요. 그랬더니 저를 한 달 이상 구금하는 체포 영장이 날아온 거예요."

말도 안 된다. 아이를 낳지 않을 자유가 없다고? 혜주는 여자의 말을 듣는 것만으로도 숨이 턱 하고 막혔다. 아무리 인구수와 노동력이 중요하다고 해도 이건 옳지 않다. 나중에 생각이 바뀔 수도 있지만 혜주는 언젠가 결혼을 하더라도 아이를 낳지 않을 생각이었다. 솔직히 말하면 좋은 엄마가 될 자신이 없었다. 엄마처럼 자식을 닦달하거나 자식에게 상처를 줄까 봐 두려웠다. 주변 친구들 중에도 결혼이나 출산을 필수가 아닌 선택이라고 생각하는 애들이 많았다. 결혼도 그렇지만 출산이야말로 개인의 자유이므로 존중받아 마땅하다고 혜주는 생각했다.

임신을 하고 싶지 않은 여자도 무조건 아이를 낳아야 하는 사회. 아이를 낳지 않으면 사회적 자유를 박탈하는 사회. 그러면서 친절 서비스를 제공한다고 설치는 사회. 여자의 이야기를 들으면 들을수록 혜주는 이곳 샤이어가 이상하게 생각되었다.

"이제, 어떻게 하시게요?"

여자는 깊이 한숨을 내쉬고 자리에서 일어섰다.

"무작정 집을 뛰쳐나왔어요. 이대로 체포될 수는 없으니까요. 날이 밝는 대로 저를 도와줄 단체를 찾아가보려고요."

"그런 곳이 있어요?"

"있어요. 불법이긴 하지만."

완벽한 복지 제도를 자랑하고 최고의 과학 기술이 일상화된 이곳도 혜주가 있던 곳과 다를 게 하나도 없었다. 처음 이곳에 발을 들였을 때 얼마나 감탄했던가. 친절한 르네의 미소, 따스한 햇살의 온도, 완벽한 습도가 주는 쾌청함, 적당히 멋스러우면서 깔끔한 집과 내 소유의 모바일 캡슐까지. 로또 1등이 연달아 된 것 같은 행운을 누가 뺏어갈까 봐 잽싸게 잡았던 건데. 겉으로는 완벽해 보인 이곳도 속을 까보니 아니었다. 문제점투성이인 원래 자기 삶과 다를 게 없었다.

다음 날 혜주는 엄청난 피로감을 느끼며 눈을 떴다. 소파부터 살폈다. 이미 여자는 집을 떠난 후였다. 동이 트자마자 움직인 것 같았다. 혜주는 창가로 다가가 밖을 살폈다. 채광이 완벽하군. 깔끔하게 정돈된 도시가 차츰 밝아지는 모습을 바라보는데 전혀 아름답게 보이지 않았다.

출근 준비를 하는데 목구멍이 따가웠다. 어제 꺼낸 말보다 들은 말이 훨씬 더 많았는데도 목구멍에서 통증이 느껴졌다. 일을 하고 돈을 번다는 게 장난이 아니구나. 월급이나 집 따

위 다 때려치우면 안 될까. 아침부터 먼 곳으로 도망가고 싶
다는 마음이 울컥 솟구쳤다.

칩으로 바코드를 찍어보니 첫 번째 고객은 집이 아닌 카페
에서 만나는 것을 원했다. 카페 문을 열고 워치로 전화를 걸
었다. 한 남자가 전화를 받으면서 자리에서 일어났다. 혜주는
얼마 남지 않은 미소를 짜내며 남자의 맞은편에 앉았다.

"정말 미칠 것 같습니다."

이번에는 연애 상담이었다. 남자의 말을 정리해보면 간단
했다. 정말 사랑하는 여자가 생겼다. 첫눈에 반했다. 여자와
공통점도 별로 없다. 왜 자신이 이렇게 사랑에 빠졌는지 스스
로도 잘 모르겠다. 그런데 고백을 할 수가 없다. 여자랑 친하
지도 않고 약속을 잡기도 어렵다. 무엇보다도 여자가 자신을
별로 좋아하지 않는 것 같다. 고백을 안 하기로 단단히 마음
먹었는데 그러자니 살맛이 안 난다.

혜주가 남자에게 던져야 할 말은 정해져 있었다. "힘드시
겠어요." 혹은 "조금 더 시간을 두고 지켜보시는 게 어떨까
요?" 따위의 말을 내뱉으며 남자의 괴로움에 공감해주는 척
을 하면 된다. 칩이 시키는 대로 어제 종일 해왔던 말을 하면
된다. 어려울 것도 없다. 그런데 지금은 달랐다. 혜주 속에서
무언가가 소리 없이 울컥 올라왔다. 더는 참을 수가 없었다.

'핑계 그만 찾고 고백해버리세요.'

이 말이 턱 밑까지 차올랐다. 네가 뭔데 고백을 하라 마라

난리야. 이 말을 내뱉고 나면 메이한테 경고를 받을 거야. 자기가 하는 말이 칩을 통해 부서로 전부 들어간다는 사실을 알았다. 누구도 말해주지 않았지만 그냥 직감적으로 알았다.

말을 내뱉지 않으려고 혜주는 안간힘을 다했다. 손톱을 손바닥에 깊이 박으며 참고 또 참았다.

"힘드시겠어요."

겨우 그 말을 내뱉고는 주문한 아이스커피를 바라봤다. 오늘은 또 몇 잔의 커피를 마셔야 할까. 어제 하루 동안 커피를 다섯 잔이나 마셨다. 하고 싶은 말을 참으려니 머리가 지끈거리고 손끝이 저릿했다.

혜주는 말하고 싶은 문장 말고 다른 생각에 집중했다. 잠깐이라도 딴생각을 하자. 생각은 모의 면접 대회 예선 날로 날아갔다. 23조의 당돌한 남자애 얼굴이 퍼뜩 떠올랐다. 그 애의 기세 좋은 목소리하며, 당당히 치켜든 고개하며, 늠름해 보였던 어깨까지 어제 본 장면처럼 생생히 기억할 수 있었다.

앞에 앉아 있는 남자가 여자에게 그랬듯 혜주 또한 스스로 알지 못했다. 어떻게 그토록 짧은 순간에 사랑을 느낄 수 있는 건지. 어떻게 이름조차 모르는 그 애한테 이토록 강렬하고 뜨거운 마음을 품을 수 있는 건지. 그저 알고 싶었다. 그 애 이름과 그 애의 취미와 좋아하는 음식과 주로 하는 게임과 즐겨 쓰는 이모지를. 많은 사람들이 지켜보는데 하나도 쫄지 않고 당당할 수 있는 비결까지 모조리 알아내고 싶었다. 그리고 말을 걸어보고 싶었다. 그 애와 어떤 대화를 주고받을 수 있을지 궁금해 미칠 것만 같다.

나, 너 좋아해.

한 번쯤은 화끈하게 고백도 해보고 싶었다. 오래도록 담아둔 말을 빵 하고 터뜨리는 기분은 어떨까? 후련할까? 여전히 두근거릴까? 쪽팔릴까? 설레고 시원할까? 아니면 슬프고 비참할까?

"저는 안 되겠죠? 제가 어떻게 하면 좋을까요?"

울상인 남자 얼굴을 보자마자 속에서 뜨거운 것이 솟구쳤다. 칩이 뭐라고 명령하든 말든 혜주는 상관하지 않고 화끈하게 말해버렸다.

"그냥 고백하세요."

말을 다 뱉어놓고 혜주는 흠칫 놀랐다. 짝사랑은 몇 번 했지만 한 번도 고백을 해본 적 없는 혜주였다. 이런 말을 할 자격이 없었다. 그런데도 당돌한 말들이 입에서 자꾸 튀어나오려 했다.

"네?"

남자가 두 눈을 동그랗게 치떴다.

"일단 고백하시라고요. 그분이 댁을 어떻게 생각하는지 지레짐작하지 마시고요. 그냥 부딪치세요. 그게 가장 빨라요."

혜주는 방금 자신이 한 말을 주워 담고 싶지 않았다. 전혀. 보통 실수를 저지르면 곧바로 자책을 하는 스타일인데 지금

이 순간만큼은 그러고 싶지 않았다. 마음속에 고여 있던 앙금이 사라진 듯 통쾌하기만 했다.

"하하, 알겠습니다. 까짓것 해보죠, 뭐."

남자는 헛웃음 비슷한 걸 비실비실 흘리더니 아이스커피를 단숨에 원샷했다. 듣고 싶은 말을 들은 건지 남자는 의기양양 기분 좋은 얼굴로 얼음을 아작아작 씹어댔다. 혜주는 남자에게 할 수 있다는 자신감을 심어주는 말을 몇 마디 더 해주었다.

남자가 카페를 빠져나가자 워치가 울렸다. 메이였다. 그의 말투는 부드럽지도 상냥하지도 않았다.

"왜 칩의 명령에 따르지 않죠?"

무거운 침묵이 두 사람 사이에 흘렀다.

"죄송합니다."

가장 무난한 대답을 했지만 혜주는 전혀 죄송하지 않았다. 친절 부서 직원으로서 자신이 최선의 응대를 했다고 생각했다. 상사인 메이 생각은 다른 것 같았지만.

"경고입니다. 경고가 세 번 누적되면 국가를 위해 일할 자격을 상실합니다. 명심하세요."

전화가 뚝 끊겼다. 뭐야, 친절 부서 직원이 친절 부서 직원에게 이토록 친절하지 않아도 되는 거야? 갑자기 혜주는 화딱지가 났다.

어이없고 기운 빠지고 당황스러운 고객 응대의 연속이었

다. 혜주는 저녁 7시가 넘어서야 집으로 돌아왔다. 편의점에서 대충 고른 음식으로 저녁을 때웠다. 무엇을 씹고 있는지 몰랐다. 허기를 때우기 위해 그저 우적우적 씹어댔다. 지금 이 순간 친절 서비스가 가장 필요한 사람은 자신이었다.

멍한 눈길로 창밖을 쳐다봤다. 하늘이 점차 분홍빛에서 보랏빛으로 변해가고 있었다. 그 색감이 이 도시의 파스텔 톤 건물과 제법 잘 어울렸다. 아무리 바라봐도 질릴 것 같지 않은 아름다운 하늘이다. 그 하늘에 어울리는 완벽하고 정갈한 도시다. 하지만 혜주는 이틀 만에 지쳐버렸다. 평생 나눠 써야 할 미소와 친절 에너지를 한꺼번에 다 써버린 느낌이었다.

"경고입니다."

메이의 목소리는 금세 엄마 목소리로 바뀌었다.

'혜주 너, 경고야. 경고라고!'

된통 속았다는 생각이 머릿속에 스쳐 지나갔다. 경고, 명령, 의무. 이런 단어들에 둘러싸이려고 샤이어를 선택한 게 아니었다. 단 하루를 살아도 자유롭고 싶어서 이곳에 남기로 선택한 거였다.

역시 세상에 쉬운 일이란 없구나. 그렇다 해도 여기에서 매일 사람들의 각종 불만을 들어주느니 차라리 매일 같은 레퍼토리로 반복되는 엄마 잔소리를 듣고 말지.

아스라이 사라지려는 노을을 멍하니 보다가 문득 궁금해졌다. 민아와 동수는 지금 뭘 하고 있을까? 민아의 암은 치료

되었을까? 민아는 지금 뭘 하고 있을까? 문득 민아가 보고 싶었다.

사진을 찍어달라는 혜주의 요청에 민아는 흔쾌히 그러자고 했다. 민아가 혜주 곁에 가까이 붙었을 때 민아의 몸에서 향긋한 냄새가 났다. 어깨가 살짝 맞닿은 민아의 몸은 열이 나는 건지 꽤 뜨거웠다. 그 상태로 조금 더 붙어 있고 싶었다. 민아의 몸이 주는 온기가 싫지 않았다.

노을이 점점 자취를 감추려 했다. 사라지려는 저녁놀 때문일까. 많은 것들이 와락 그리웠다. 그곳에 두고 온 모든 것들이 몹시 그리웠다. 지독히 혼자라고 생각했는데 되돌아보니 아니었다. 엄마에게 사랑받고 싶어 몸부림친 적도 있었다. 엄마가 존중하지 않는 사람이니까 자신은 존중받을 가치가 없다고 생각했다. 하지만 존중하고 싶다. 존중받지 못했다고 존중할 줄 모르는 건 아니니까. 사랑하고 싶다. 제대로 된 사랑을 받아본 적 없다고 사랑을 주는 것까지 까먹은 건 아니라고 믿고 싶다.

그 애한테 다가가 질문을 던져보고 싶다. 아무 말이라도 걸어보고 싶다. 암이라는 큰 병과 싸우면서도 한 번도 미소를 잃지 않았던 민아처럼 조금은 단단해지고 싶다. 무엇보다도 엄마한테 더는 휘둘리고 싶지 않다. 충분히 휘둘리고 상처받고 아팠으니까.

*

민아는 눈을 뜨자마자 현준을 생각했다. 서둘러 세수를 하고 옷을 입으며 깨달았다. 몸이 날아갈 듯 가벼웠다. 암과 싸우는 동안 느낄 수 없었던 최고 컨디션이었다. 가뿐해진 몸이 저절로 움직여 민아를 아지트 앞으로 이끌었다.

문을 두 번 두드리자 문이 열렸다. 현준이 앙증맞은 캡 모자를 비스듬히 눌러쓴 채 민아를 맞았다. 민아는 원목 책상으로 걸어갔다. 시를 적어둔 노트를 찾았는데 보이지 않았다. 자신이 남긴 시를 현준이 읽었을지, 읽었다면 어떻게 느꼈을지 궁금했다. 민아의 마음을 실시간으로 읽는 사람처럼 현준은 작게 말했다.

"시 봤어. 좋더라."

그 말에 안도감이 밀려들면서 배에서 꼬르륵 소리가 크게 났다. 당황한 민아는 손바닥으로 배를 가렸고 현준은 쿡쿡 웃었다.

"아침 먹으러 갈까?"

현준이 물었고 민아는 고개를 끄덕였다. 아지트를 나오는데 현준의 손목에 달린 워치가 비상벨을 울렸다. 민아가 끼고 있는 워치와 색상도 크기도 달랐다. 현준의 눈썹이 크게 꿈틀거렸다.

"시를 들킨 것 같아."

"뭐? 그럼 어떻게 해?"

"일단 토껴야지."

현준이 다짜고짜 민아의 손을 잡고 달리기 시작했다. 아지트와 조금 떨어진 곳에 있는 로봇 상점까지 달렸다. 달리는 동안 현준은 계속 뒤를 돌아다봤다. 다행히 추적대는 아직 보이지 않았다. 너무 오랜만에 달리는 거라 민아는 심장이 좀 아팠다. 상점 끄트머리에 자전거 두 대가 주차되어 있었다.

"괜찮아?"

심장 부근을 움켜쥐는 민아를 현준이 걱정스럽게 쳐다봤다. 민아는 괜찮다고 대답했지만 여전히 쌕쌕거렸다.

"바다와 산 중 어디로 갈까?"

자전거에 올라타며 현준이 민아를 바라봤다. 타오르는 듯한 뜨거운 눈동자 때문일까. 민아는 가슴이 덜컹 내려앉는 기분을 느꼈다.

"난 무조건 바다."

현준은 "오케이!" 하고 외치다가 민아를 멈춰 세웠다.

"잠깐만. 워치는 버리는 게 좋겠어."

현준은 민아의 손목에 감겨 있는 드림워치를 손가락으로 가리켰다.

"위치 추적이 되거든."

위치 추적이라는 말에 민아는 잠시도 망설이지 않고 워치를 풀어 바닥에 내던졌다.

현준이 먼저 자전거 페달을 밟고 나아갔다. 민아는 현준이 가는 코스를 따라갔다. 어느 정도 달렸을 때 현준이 쓰고 있던 모자가 바람에 날아갔다. 현준은 신경도 쓰지 않는 듯했지만 민아는 모자를 힐끔거렸다. 모자가 하늘로 붕 떠올라 날아가는 장면을 계속 힐끔거렸다. 바람을 타고 날아가는 모자는 한없이 자유로워 보였다.

오랜만에 자전거를 타는 거라 걱정했는데 쓸데없는 걱정이었다. 보조 동력이 달린 자전거라 페달을 열심히 밟을 필요도 없었다. 속도가 빨라질수록 신선한 바람이 얼굴에 달려드는 느낌이 상쾌했다.

"바다다!"

민아는 홀로 조용히 외쳤다. 넘실거리는 파도가 보였다. 태어나 처음 보는 바다였다. 코를 킁킁거렸다. 소금기를 머금은 공기를 마음껏 마셨다. 웅장한 바다의 규모에 주눅이 들다가도 가슴이 뻥 뚫리는 듯했다. 흥분에 사로잡힌 민아와 달리 현준은 차분하게 자전거를 방파제 쪽으로 몰았다. 현준이 자전거를 멈춘 뒤 내렸다. 주변을 둘러보는 것도 잊지 않았다. 민아도 자전거를 세웠다. 두 사람은 방파제 아래에 있는 테트라포드로 내려가 앉았다.

"바다 처음 봐?"

"응."

"실컷 봐."

현준은 뿌연 물보라를 일으키며 넘실거리는 파도를 힐끗 바라봤다.

"위치 추적이 끊겼으니까 조금은 여유 부려도 되겠지."

민아는 바다와 현준을 번갈아 건너봤다. 바다에 있는 거대한 물탱크에 시선을 빼앗겼다. 민아가 바라보고 있는 것을 눈치챈 현준이 설명을 해줬다.

"바닷물을 담수화하는 장치야."

"소금기를 없앤다는 뜻이지?"

"맞아. 나노 기술 덕분이지."

민아는 현준의 얼굴을 홀끔대다가 입을 뗐다.

"시를 가지고 있다가 들키면 어떻게 돼?"

"처음엔 벌금 정도로 끝나지만 여러 번 반복되면 처벌이 세져."

넓고 푸른 바다를 응시하며 현준은 친구들 이야기를 꺼냈다. 정부 몰래 은밀히 시를 쓰다가 발각된 사람들 이야기였다. 현준이 믿고 따르던 선배는 시를 쓰거나 읽다가 다섯 번 붙잡혔다. 네 번째 체포되었을 때 선배는 안대를 차고 비밀 장소에 끌려갔다. 어디에, 얼마 동안이나 수감되었는지 알 수 없었다. 다섯 번째 발각되었을 때 선배는 완전히 실종되었다. 선배나 선배가 쓴 시에 관한 내용을 검색하면 303만 떴다. 303은 정부에서 하고 있는 최고 수준의 검열을 뜻했다.

"무섭지 않아?"

민아는 엄청난 처벌이 기다리고 있는데도 끝까지 시를 쓰고 읽는 모임 사람들을 선뜻 이해할 수 없었다. 강도 높은 처벌을 받을지도 모르는데 자신에게 시를 써달라고 한 현준의 열정도 와닿지 않았다. 그 뜨거운 마음은 무엇일까.

"시를 잊고 사는 게 더 무서우니까."

현준의 목소리가 아까보다 한층 낮고 무거웠다.

"시가 그렇게 대단한 걸까?"

현준에게 묻는 질문이 아니었다. 그것은 민아가 스스로에게 하는 질문이었다. 시를 읽거나 쓸 수 없게 되면 어떤 선택을 할 것인가. 한 번도 생각해본 적 없는 문장이었다. 언제고 시는 곁에 있어주었다. 당연하다는 듯이. 아프고 슬픈 순간마다 시를 찾았다. 만약 암에 걸리지 않았더라면 시와 거리를 두며 살았을지도 모른다. 힘들수록 더 시에 기대고 의존했다. 너무 힘든 날에는 시가 싫어지기도 했다. 시 따위 다 필요 없으니 제발 아프지 않게만 해달라고 툴툴거리던 밤도 많았다.

"여긴 햇살이 좀 다른 것 같아."

"어떻게?"

현준의 말투에 진심으로 궁금하다는 마음이 담겨 있었다.

"기분이 대책 없이 밝아진달까? 햇살에 마법 가루를 뿌린 것 같아. 햇살이 피부에 닿는 순간 마법의 가루가 착 흡수되는 거지."

"이미 넌 시인이야."

눈이 부시게 맑은 하늘. 기분을 상큼하게 만들어주는 햇살. 규칙적으로 귓가를 두드리는 파도 소리. 실제로 처음 듣는 파도 소리는 나뭇잎이 바람에 흔들리는 소리 같았다. 민아의 감각 세포가 활짝 열린 그 순간 방파제를 향해 움직이는 작은 점이 포착되었다. 점은 조금씩 커지면서 선명해졌다.

"동……수?"

동수와 닮은 아이가 천천히 걸어오고 있었다. 민아는 자리에서 벌떡 일어났다. 민아의 가슴속에서 뜨거운 무언가가 울컥 솟아올랐다.

"동수야!"

점점 커진 점이 얼굴 윤곽으로 보였을 때 그 얼굴이 민아 쪽으로 고개를 틀었다. 민아가 방파제 위로 올라갔고 동수는 민아 쪽으로 부지런히 걸어왔다. 동수와 민아가 가까워졌을 때 민아의 두 눈에 물기가 그렁그렁했다. 동수는 민아의 어깨를 굳게 잡았다가 놓았다. 두 사람은 약간 떨어진 상태로 서로의 눈을 마주봤다.

"기분이 어때?"

민아가 손등으로 물기를 닦아내며 물었다.

"병원으로 돌아가고 싶어."

동수 말에 민아의 눈동자가 흔들렸다.

"돌아가면 다시 못 걷는 거잖아."

"알아."

"후회하지 않을 자신 있어?"

방파제에 부딪히는 파도 소리가 유난히 크게 들렸다. 동수는 잠깐의 침묵을 깨고 입을 뗐다.

"후회하겠지. 그래도 갈 거야."

동수의 눈빛에 굳은 의지가 비쳤다. 민아는 묵직하게 고개를 끄덕이다가 방파제 아래로 시선을 넘겼다. 테트라포드에 서서 기다리고 있는 현준을 그제야 알아차렸다. 민아는 동수에게 그동안 있었던 일을 간략히 전달했다.

"저 친구가 우리를 도와줄 수 있지 않을까?"

동수의 물음에 민아는 가볍게 고개를 끄덕이며 현준이 있는 곳으로 걸어갔다. 동수와 현준에게 서로를 소개해줄 생각이었다. 동수도 민아의 보폭에 맞춰 걷기 시작했다. 그 순간 민아를 사로잡은 생각은 하나였다.

이렇게 동수와 나란히 걷는 일은 이게 처음이자 마지막이겠구나. 이 순간을 동수와 나는 얼마나 오랫동안 재생하고 또 재생할까.

*

그 애 이름은 현준이라고 했다. 우리 또래라고 들었는데 어쩐지 키를 비롯해 얼굴의 미소까지도 영락없는 어른 느낌을 줬다. 서로 인사를 나누는데 워치가 번쩍거렸다. 그걸 보는 그 애의 눈빛이 불안하게 흔들렸다.

"너희 둘이 만난 게 들통난 모양이야."

민아의 목소리가 약간 떨렸다.

"어쩌지?"

다시 방파제 위로 올라갔다. 자전거를 세워둔 곳으로 걸어가는데 드론이 하늘 위에 어른거렸다. 저 멀리 추적 로봇 두 대가 모습을 드러냈다.

"아씨, 미키 만나기 싫은데."

툴툴대는 동수에게 현준이 말했다.

"일단 워치를 버려. 그래야 추적 안 당해."

동수가 날이 선 목소리로 맞받아쳤다.

"벌써 포위당했는데 뭔 소용이야!"

드론 두 대가 점점 고도를 낮춰왔다. 호랑이를 본떠 만든 추적 로봇은 보는 것만으로 몸이 떨렸다. 추적 로봇 타이거 1, 2가 점점 가까이 다가왔다.

"내가 쓴 시 아직 갖고 있니?"

민아가 녀석한테 물었다. 현준이 고개를 끄덕이자 민아는 당장 바다에 버리라고 고함을 질렀다. 갑자기 시 이야기를 하는 두 사람을 동수는 이해할 수 없었다.

"너 이번에 잡히면 몇 번째인데?"

"세 번째."

"뭐?"

민아가 현준을 노려보더니 현준의 주머니를 뒤지려고 했다. 현준은 필사적으로 민아의 손길을 피했다. 얘들 대체 왜 이러니. 이 긴박한 순간에 시 타령이나 하는 한심하기 짝이 없는 두 사람을 뜯어말리려는데 드론이 바로 머리 위까지 내려왔다. 드론에서 그물망이 착 내려와 몸을 결박하겠지. 아니면 타이거 로봇이 우리 몸을 제압하거나.

긴장감에 동수는 침을 삼키며 눈동자를 부지런히 굴렸다. 타이거 로봇 입에서 총구가 나왔다. 마취총일 거다. 우리를 기절시킨 뒤 어디로 데리고 갈까. 별수 없지 뭐. 체념이 가득 차올랐다. 두 손을 들고 항복을 하려는 순간 동수는 다리에 채워진 레그 22와 23을 내려다봤다. 얘들이 내게 올 때 분명 불꽃이 일면서 날았었지? 레그와 동기화되어 있는 워치를 만지작거렸다. 역시, 비행 기능이 있었다.

"얘들아, 내 말 잘 들어."

민아와 현준이 동시에 동수를 쳐다봤다.

"하나, 둘, 셋 하면 내 로봇 다리를 꽉 붙들어. 알았지?"

타이거 로봇이 내민 총구에서 빛이 번쩍였다. 동수는 워치에 있는 비행 버튼을 눌렀다.

"하나…… 둘…….”

총에서 쏜 레이저가 몸에 닿기 바로 직전에 레그 22와 23에서 불꽃이 일었다. "셋!"을 외치면서 동수 몸이 위로 솟구쳤다. 민아와 현준은 잽싸게 동수의 발을 붙잡았다. 세 사람은 엄청난 속도로 하늘로 솟구쳤다.

"후야~."

동수 입에서 이상한 감탄사가 흘러나왔다. 사고가 나기 전 놀이 기구 타는 걸 즐겼던 동수였다. 레그 로봇이 선사하는 속도감과 아찔한 높이가 즐거웠다. 짜릿한 속도감에 적응될 무렵 줄기차게 쫓아오는 드론 두 대를 목격했다.

"아직 덜 자른 꼬리가 있어!"

민아와 현준이 들을 수 있도록 동수는 고래고래 고함을 질렀다. 민아와 현준도 고개를 돌려 드론을 발견했다.

"속도를 더 높여!"

민아도 고함을 질렀다.

"조금 더 가면 중앙 숲이 있어. 거기에 착륙하자마자 워치를 버려!"

현준도 고함을 질렀다.

속도를 높였다. 드론 한 대가 뒤처졌지만 한 대는 끈질기게 동수를 쫓아왔다. 아래를 내려다보니 현준이 말한 숲이 보였다. 동수는 워치를 톡톡 두드려 착륙 모드를 눌렀다. 레그 22와 23이 서서히 속도를 줄이면서 고도를 내리는 사이 동수는 워치를 빼 멀리 던졌다. 드론은 워치를 추적하도록 명령을 받았는지 워치가 사라진 곳으로 방향을 틀었다.

숲 사이에 내리자마자 동수는 레그 로봇에 달려 있는 버튼 중 빠른 걸음을 선택해 달리다시피 걸었다. 민아와 현준도 부

지런히 달렸다. 워치를 버린 지점과 최대한 멀어지는 것이 목
표였다.

"잠깐 쉬자."

현준이 숨을 헐떡이며 말했다. 목이 말랐다. 현준이 주머
니에서 작은 상자를 꺼냈다. 초콜릿이 들어 있는 상자처럼 보
였는데 버튼을 누르자 상자가 열 배로 커졌다. 현준이 상자를
민아에게 내밀었다.

"마셔. 물이야."

돌아가면서 물을 마셨다. 텅 빈 상자를 다시 줄여 주머니
에 넣은 뒤 현준이 말했다.

"워치 주변에 사람이 없으면 다시 쫓아올 거야. 드론에 열
화상 카메라가 탑재되어 있어서 우리가 숲에 있는 걸 금방 알
아차릴 거야."

"사람이 많은 곳으로 가야겠네."

민아 말에 현준은 씨익 미소를 지었다.

"맞아. 그래서 여길 택한 거야. 숲이 크지 않아서 나가면 바
로 도심이거든."

민아가 동수를 바라보며 말했다.

"혜주를 만나야 해."

"왜? 걔는 여기를 선택했잖아."

미키를 만나자마자 날을 세우며 싸웠던 민아와 혜주의 언
쟁을 동수는 생생하게 기억하고 있었다. 그 난감함을 어떻게

잊을 수 있겠는가.

"떠나기 전에 마지막으로 물어는 봐야지. 진짜 여기에 남고 싶은지 아닌지."

동수는 고개를 절레절레 저었다.

"그놈의 오지랖. 지치지도 않냐?"

현준이 불쑥 끼어들었다.

"혜주가 누군데?"

민아는 현준에게 혜주 이야기를 간단히 들려줬다. 현준은 골똘히 생각에 잠기더니 손가락을 튕겼다. 그 소리가 미키의 것과 비슷해 동수는 깜짝 놀랐다.

"그 애가 어디에 사는지 알 것 같아."

"그래?"

"시민권을 받은 이민자들이 초기에 배정받는 숙소가 따로 있거든."

"이민자?"

동수의 대꾸를 무시한 채 세 사람은 다시 이동을 시작했다. 현준은 시간이 없으니 걸으면서 설명해주겠다고 했다. 숲의 가장자리로 빠져나가는 동안 현준은 지치지도 않는지 계속 이야기를 들려줬다.

녀석 설명에 따르면 이러했다. 인구 감소로 대부분의 노동을 인공 지능 로봇에게 맡기고 있지만 로봇이 할 수 없는 일이 아직 많다. 게다가 로봇은 세금을 내지 않으니 국가를 운

영하려면 사람이 필요하다. 그래서 샤이어는 시간과 공간을 뛰어넘어 이곳으로 흘러들어 오는 이민자를 적극 받아들이고 있다. 그들이 일을 하며 사회에 적응할 수 있도록 직장과 숙소를 제공해주는 것이다.

숲을 빠져나와 도심으로 흘러들어 갔다. 꽤 낮은 건물 여러 채가 보이기 시작했다. 현준의 말에 따르면 이민자들에게 제공하는 모듈화 건축이었다. 한마디로 3D 프린터와 설계도면으로 완성한 후 택배로 배송되는 집이었다. 그러므로 높이가 높지 않은 집들은 갓 시민권을 발급받은 시간 이민자들이 살고 있단다. 세 사람은 집들 사이를 서성였다.

"이 많은 집들 중에 혜주가 어디 사는지 어떻게 알아내지?"

혼잣말 같은 동수의 물음에 민아가 눈을 번뜩였다.

"바나나."

현준의 눈빛이 호기심과 궁금증으로 반짝였다.

"바나나로 유인하면 돼."

민아의 말이 끝나자마자 동수는 비장한 눈빛으로 민아를 바라보았다.

*

바깥이 소란스러웠다. 이상한 소리가 들렸다.

"……사세요."

혜주는 창밖을 기웃거렸지만 아무것도 보이지 않았다.

"바나나 사세요."

앗. 이번에는 분명히 들렸다. 웬 바나나? 샤이어에는 바나나가 없다고 했는데? 창문을 열고 고개를 내밀었다. 모듈 주택 주변을 서성이면서 고함을 지르는 사람들이 보였다. 민아구나! 혜주는 후다닥 밖으로 뛰쳐나갔다.

"바나나 사세요!"

주택 사이에서 목청 높여 외치던 민아와 딱 마주쳤다. 혜주를 발견한 민아의 얼굴에 배시시 웃음이 흘렀다. 혜주도 덩달아 웃었다. 너무 반가워서 죽을 것 같아. 그 말이 입 밖으로 불쑥 튀어나오려는 것을 간신히 참았다.

혜주는 민아가 있는 곳으로 달려가 민아의 손을 덥석 잡았다. 민아의 남은 손이 혜주의 손을 마주 잡았다. 동수와 남자애가 달려왔다. 민아가 남자애를 소개하며 지금까지 있었던 일을 줄줄이 읊었다. 혜주는 동수를 힐끗 쳐다봤다. 꼿꼿이 서 있는 동수가 낯설었다.

"너 키가 큰 편이었구나. 계속 앉아 있어서 몰랐네."

혜주의 무심한 말투에 민아와 동수는 눈을 한 번 마주친 뒤 쿡쿡댔다.

"왜? 뭐가 웃긴데?"

"시크한 네 말투 들으니까 반가워서."

웃음이 멈춘 적막 사이로 꼬르륵 소리가 선명히 울렸다. 민아는 한 손으로 자기 배를 움켜쥐며 민망해했다.

"아침을 못 먹었거든."

"일단 들어가자. 먹을 게 좀 있어."

세 사람은 혜주를 따라 집으로 들어갔다. 민아의 눈길이 인테리어를 힐끔거리다가 식탁에 머물렀다. 혜주는 너저분한 식탁을 대충 치우고는 빵과 과자를 꺼냈다. 잘 먹겠다는 인사와 함께 민아는 서둘러 음식을 입 안에 넣었다. 혜주는 동수와 현준이라는 애한테 과자를 내미는 것도 잊지 않았다.

"이곳 시민이 돼서 좋니?"

빵을 다 먹어치운 민아가 먼저 입을 열었다.

"응, 좋지."

혜주는 건성건성 대답하면서 냉장고를 뒤적였다. 커피우유 두 개와 초코우유 두 개를 꺼내왔다.

"우린 돌아갈 거야."

민아가 초코우유를 마시면서 말했다.

"언제?"

"곧."

혜주는 커피우유를 한 모금 마신 후 민아와 동수를 번갈아 바라봤다.

"그거 아니? 여기엔 바나나가 없어."

혜주는 멍한 눈빛으로 커피우유를 뚫어져라 내려다봤다.

"그래서 바나나우유도 없어. 바나나 맛을 흉내 낸 합성착향료마저 그립다."

"왜 없대?"

동수가 초코우유 입구를 열며 무심히 물었다.

"멸종됐대. 그런 과일이 많대."

기운이 쭉 빠져 있는 혜주 목소리가 서서히 공기 중에 흩어졌다. 가만히 커피우유를 마시고 있던 현준이 갑자기 끼어들었다.

"실은 아까부터 궁금했어. 니들이 계속 바나나 타령을 해서. 난 바나나를 한 번도 본 적이 없거든."

오랫동안 누군가를 짝사랑했다는 고백보다 더 충격적인 현준의 고백을 듣고 민아와 동수의 입이 동시에 헤벌어졌다. 그러고 있는데 혜주가 불쑥 말했다.

"나도 데려가."

민아는 우유를 마시다가 사레에 걸렸다.

"나도 돌아가고 싶어. 아니, 돌아가야겠어."

민아가 캑캑거리든 말든 혜주는 단호하게 할 말을 뱉었다.

"여기가 좋다며."

기침을 하느라 눈동자까지 빨갛게 충혈된 민아 대신 동수가 끼어들었다.

"좋은데, 가야 돼. 고백할 것도 있고 따질 것도 있거든."

"따져? 누구한테?"

"그런 게 있어. 그만 물어보고 그냥 데리고 가줘."

"그래, 가자."

민아가 다정한 목소리로 말했다.

"있지. 알아야 할 사실이 하나 있어."

현준이 다시 끼어들었다. 혜주의 시선이 현준에게 꽂혔다.

"곧 추적대가 들이닥칠 거야. 시간이 얼마 없어."

현준의 손가락이 혜주의 손톱 밑에 이식된 칩을 가리켰다.

"칩을 이식한 순간 도망은 불가능해. 이민자에게 이식한 칩에는 도청 장치는 물론이고 위치 추적 장치까지 있어."

동수 입에서 한숨이 새어나왔다.

"칩을 빼버리면 되잖아."

민아 말에 현준은 고개를 크게 가로저었다.

"불가능해. 여기에서 태어난 사람들 칩과 달리 이 칩은 한 번 이식하면 뺄 수 없어."

"그럼 어떡해."

동수가 레그 로봇과 함께 방 안을 쿵쿵거리며 서성였다. 민아는 혜주의 팔을 지그시 잡으며 눈을 마주쳤다. 그 잠깐 사이에 혜주는 민아의 눈동자 안에 일렁이는 세찬 에너지를 읽었다. 민아는 눈빛으로 무슨 일이 있어도 함께 돌아가겠노라고, 절대 너를 혼자 두고 가지 않겠노라고 말하고 있었다.

"나 빼고 일단 움직여."

"안 돼."

"안 되긴 뭐가 안 돼."

혜주는 민아의 눈동자를 피하지 않았다. 아픈 척 병원에 입원한 경험이 한두 번이 아니었다. 이까짓 거짓말은 눈 하나 깜짝 안 하고 할 수 있다.

"뺑 좀 쳤어. 나 여기가 좋다니까."

"돌아가야 한다며. 따질 거 있다며."

물고 늘어지는 민아의 눈동자를 바라보며 혜주는 감탄했다. 학교에서 만난 친구들 눈빛에는 생기가 없었다. 지루함과 무기력이 잔뜩 끼여 있는 눈동자들이 많았다. 그런데 민아의 눈동자는 달랐다. 큰 병에 걸려 투병 생활을 해야 하는 시련 앞에서도 민아의 눈빛은 활력과 사랑으로 타올랐다. 어떻게 그럴 수 있는지 혜주는 궁금했다.

현준의 워치가 번쩍거렸다. 민아의 어깨가 움찔거렸다.

"들켰어. 움직여야 해."

현준이 주머니에서 워치를 꺼내 혜주에게 내밀었다.

"돌아가는 통로를 찾으면 워치로 신호를 보낼게."

민아는 현준의 팔을 붙잡고 흔들었다.

"혜주도 같이 움직이면 안 돼?"

"그걸 고집하면 이곳을 탈출할 수 없어."

너무도 단호한 현준의 말투에 민아와 동수의 얼굴은 딱딱하게 굳었다. 혜주는 곧 초청된 파티에 가야 하는 사람처럼 흥분을 섞어 말했다.

"애 말대로 해. 우린 뭣도 모르는데 얘는 여기 전문가네."

혜주는 아무렇지 않은 듯 과자 봉지를 치우면서 어수선하게 움직였다. 현준은 지금 당장 움직여야 한다고 민아를 설득했고 민아는 머릿속 회로가 정지한 사람처럼 멍하니 선 채 머리를 흔들었다. 그때 혜주의 몸이 우뚝 멈춰 섰다. 맞다, 그게 있었지. 혜주는 옷장으로 달려가 맨 아래 서랍을 뒤졌다. 옷 아래에 감춰 둔 핸드폰이 손에 잡혔다.

"이거 갖고 가."

혜주가 내민 핸드폰을 민아는 얼떨떨한 얼굴로 받았다.

"이거 안 뺏겼어?"

동수의 눈이 휘둥그레졌다.

"폰이 두 개였거든."

민아는 핸드폰과 혜주의 얼굴을 번갈아 봤다.

"그 이상한 엘리베이터에서 이곳으로 오는 동선이 저장돼 있어. 이곳 칩에만 위치 추적 기능이 있는 게 아니니까."

혜주의 얼굴에 뿌듯한 미소가 차올랐다. 그걸 빤히 보다가 민아는 남은 손으로 혜주의 몸을 껴안았다.

"고마워, 혜주야."

민아의 손이 혜주의 등을 부드럽게 토닥였다. 따뜻하고도 몰랑거리는 무언가가 혜주의 마음을 빼곡히 채웠다.

"다 같이 움직이자."

현준의 선언에 혜주의 몸이 움찔 놀랐다.

"그래도 돼?"

민아가 환하게 웃으며 물었다. 현준은 혜주가 내민 핸드폰을 잡고 가볍게 흔들었다.

"이거 덕분에 통로를 찾느라 헤매지 않아도 되겠어. 우리가 어디로 향하는지 벌써 알고 있을 수도 있고. 성공하든 실패하든 같이 움직이자."

같이 움직이자는 말에 민아는 혜주의 손을 잡고 아이처럼 폴짝 뛰었다. 동수도 씨익 웃었다. 그 웃음을 조롱하는 듯한 사이렌 소리가 울렸다. 아파트 주변을 포위한 기분 나쁜 소리에 현준은 서둘러 방을 빠져나갔다.

혜주는 현관을 나서기 전 마지막으로 집을 둘러봤다. 안녕, 나의 첫 독립 공간. 언젠가는 엄마로부터 독립할 거고 이렇게 멋진 집에서 살 거야. 두고 봐.

현관문을 닫자마자 와장창 유리 깨지는 소리가 들렸다. 혜주는 아이들과 함께 계단을 뛰어 내려갔다. 1층 로비에 르네와 함께 추적 로봇이 대기 중이었다. 혜주가 뒷문을 가리켰고 그사이 현준이 추적 로봇이 있는 곳으로 동그란 공을 던졌다. 로봇들은 우르르 공에 몰려들어 정신을 못 차렸다. 르네는 로봇 사이에 완전히 끼여서 버둥거렸다.

"뭘 던진 거야?"

호기심 대마왕 민아의 물음에 현준은 간단히 대답했다.

"로봇이 좋아하는 먹이."

아무것도 먹지 않는 로봇한테 웬 먹이? 더 물을 시간도, 대답을 들을 시간도 없었다. 혜주는 핸드폰에 메모된 지도대로 발길을 옮겼다. 지도를 들여다보며 길을 찾는 것은 혜주가 사랑하는 세 가지 중 하나였다. 바나나, 〈최고의 공주〉 보라, 그리고 길 찾기. 그런데 좋아하는 것이 더 생길 것 같은 예감이 강하게 들었다. 혜주는 고개를 돌려 자신을 따라오는 아이들을 힐끔거렸다. 그러다가 의기양양한 미소를 띠며 지도와 앞을 번갈아 바라봤다. 왔던 길을 빠르게 복기하는 혜주 뒤로 민아, 동수, 현준이 바짝 몸을 낮춰 쫓아오는 기척이 느껴졌다.

*

갑자기 비가 쏟아지기 시작했다. 도망가는 일행을 방해하려고 누가 기후를 조절한 건가. 기분 나쁜 생각이 자꾸 들었다. 현준이 주머니에서 작은 상자를 또 꺼냈다. 상자 속에 있는 내용물이 몸집을 키우자 우산 모양이 되었다. 우산은 드론처럼 공중에 떠 있었다.

"만물상이네."

동수의 한 마디에 현준이 말을 보탰다.

"아빠가 과학자여서 못 만드는 게 없거든."

시를 사랑하는 아들과 못 만드는 게 없는 과학자 아빠라. 어쩐지 영 어울리지 않는 조합이라 생각하는 민아의 시선에 번쩍거리는 현준의 위치가 보였다.

"더 빨리."

현준의 재촉에 민아와 혜주는 속도를 높였다. 동수도 부지런히 달렸지만 한계가 있었다. 비는 추적추적 내리고 드론 우산이 있어도 앞이 뿌옇게 번져 보였다. 숨을 쌕쌕거리며 민아는 미열을 느꼈다. 항암 주사를 맞고 3일 정도는 쉬어줘야 하는데 그러지 못했다. 몸이 이제 그만하라고 신호를 보냈다. 좀 쉬었다 가면 안 될까. 한계를 느낀 민아의 발걸음이 점차 느려지려는 순간 추적 로봇 두 대가 나타났다. 심장이 덜컹 내려앉았다. 타이거 로봇은 빗속에도 아랑곳하지 않고 엄청난 속도로 민아를 향해 달려왔다.

"달려!"

동수가 외쳤다. 더 빨리 달리고 싶었지만 발이 무거웠다. 빗물에 젖은 발을 간신히 끌었다. 이제 끝이구나. 아이들과 함께 붙잡히면 어디로 가게 될까. 현준의 선배처럼 안대를 한 채 아무도 모르는 곳에 위치한 교도소에 갇히겠지. 그렇게 민아가 자포자기하고 있는데 현준이 주머니에서 아까 던졌던 공을 하나 더 던졌다. 다행히 타이거 로봇들은 공이 굴러가는 방향으로 전력을 다해 달려갔다.

"그 공 몇 개 남았어?"

민아가 물었다.

"이제 없어."

현준이 대답하며 힘없이 미소 지었다.

"힘내. 이제 얼마 안 남았어!"

지도에서 눈을 떼지 않으며 혜주가 외쳤다. 그 목소리에 담긴 어떤 열망 때문일까. 민아의 몸에 기운이 돌았다. 젖 먹던 힘까지 짜낸다는 것이 이런 걸까. 민아는 이를 앙다물고 발걸음을 재게 놀렸다.

"잠깐 멈춰봐."

현준의 워치가 다시 깜박였다. 추적 로봇을 따돌릴 공도 더는 없었다. 현준은 난감한 얼굴로 민아를 잠시 바라본 뒤 앞장섰다. 민아와 아이들은 현준을 따라 무인 택시 정류소로 향했다. 현준의 워치가 더 자주 깜빡였다.

"이대로 가면 다 붙잡혀."

현준은 혜주가 손목에 차고 있는 워치를 가리켰다.

"그거 나 줘봐."

민아는 현준의 의도를 금방 알아차렸다. 아까 로봇들에게 던져준 먹이처럼 현준은 자신이 먹이가 되려고 했다. 현준은 혜주의 워치를 자기 손목에 채웠다. 혜주의 칩과 워치로 추적 로봇이 나눠지는 것을 노리고 있었다.

"잠깐만 따로 이야기를 할 수 있을까?"

현준이 혜주와 동수를 번갈아 보며 정중히 물었다. 무슨 뜻인지 눈치챈 혜주와 동수는 정류소 밖으로 나갔다. 드론 우산이 그들의 몸이 비에 젖지 않도록 졸졸 따라다녔다.

현준이 주머니에서 또 다른 상자를 꺼냈다. 현준의 주머니에는 대체 몇 개의 상자가 들어 있는 걸까. 참을 수 없는 호기심을 느끼며 침을 꿀꺽 삼키는 민아에게 현준은 상자를 내밀었다. 민아가 상자를 터치하자 상자 크기가 커졌다. 상자를 열자 총이 나왔다.

"모든 로봇은 배터리로 움직여. 리튬 이온 배터리를 마비시키는 장치야."

민아는 가만히 총을 쓰다듬었다. 속이 투명하게 비치는 재질로 만들어진 총이었다. 딱 보기에도 무척 귀한 총이라는 것을 알 수 있었다.

"여러 발 쏠 수 없어. 신중히 써야 해."

이렇게 귀한 걸 줘도 되느냐고 묻고 싶었지만 입이 떨어지지 않았다. 왜 이렇게까지 도와주고 잘해주는 거냐고 물어보고 싶었지만 역시나 혀가 움직이지 않았다.

"시간 없어. 얼른 가."

현준은 민아의 등을 가만히 떠밀었다. 그 힘에 밀려 민아의 몸은 정류소 밖으로 밀쳐졌다. 동수와 혜주의 몸 위에 둥둥 떠 있던 드론 우산이 몸집을 부풀려 민아의 몸까지 커버하느라 바빴다.

민아는 뒤돌아보지 않았다. 자기를 바라보고 있는 현준을 보면 마음이 약해질 것 같았다. 혜주는 지도가 이끄는 방향으로 앞서 나갔다. 동수의 로봇 다리가 속도를 높였다. 덩달아 민아도 달렸다. 한 걸음 나아갈 때마다 슬픔이 차올랐다. 이제 다시는 현준을 볼 수 없다는 사실이 믿기지 않았다.

"잠깐만!"

민아는 갑자기 뒤돌아 정류소까지 달렸다. 현준의 이름을 외쳤다. 정류소에 도착한 무인 택시를 타려고 문을 열던 현준이 민아의 목소리를 들었는지 몸을 뒤로 뺐다. 현준이 다시 정류소로 되돌아왔다.

"내 이름은 민아야. 추민아."

민아는 주머니에서 접힌 종이를 꺼내 내밀었다. 현준의 눈동자가 크게 흔들렸다.

"이건 너를 위해 쓴 시야."

현준이 비장한 얼굴로 종이를 받으며 말했다.

"시를 계속 써줘. 네가 시집을 내면 온 세상을 다 뒤져서 내가 꼭 찾아낼게. 그리고 지켜낼게."

민아는 고개를 크게 한 번 끄덕였다. 혜주가 부르는 소리가 들렸다. 민아는 해맑은 미소를 남긴 뒤 혜주와 동수가 있는 곳으로 달렸다. 첨벙거리는 빗물을 밟으면서 민아는 생각했다. 로봇을 유인하는 특수 전자기파 공과 로봇의 배터리를 마비시키는 총과 드론 우산을 만들어주는 아빠를 두고도 시를 쓰고 읽겠다고 덤벼드는 아이를 만났다는 사실이 한 편의 꿈 같았다.

"추민아, 정신 차려."

동수가 민아의 어깨를 두드렸다. 혜주는 자꾸 속도가 늦춰지는 민아의 손을 힘껏 잡아끌었다. 민아를 챙기랴, 지도를 보랴 혜주는 정신없이 바빠 보였다. 다시 정신을 차리고 민아도 힘을 짜냈다. 이제 와 잡힌다면 그건 현준의 희생을 무색하게 만드는 일이 되는데 그럴 수는 없다.

"아씨, 이번엔 여러 대야."

동수 입에서 욕이 질펀하게 쏟아졌다. 한달음에 달려온 타이거 로봇 세 대가 민아와 아이들을 에워쌌다.

"혜주야, 얼마나 남았어?"

"저 건물로 들어가면 돼. 바로 코앞인데."

타이거 로봇 사이로 미키가 착륙을 시도했다. 미키는 여전히 상냥한 얼굴로 타일렀다.

"다시 걸어서 행복하지 않습니까?"

미키는 동수를 지그시 바라봤다.

"암을 고치고 싶지 않습니까?"

민아는 주머니에 손을 집어넣었다. 현준이 건네준 총이 손아귀에 탁 들어왔다.

"일을 하고 월급을 받는 중요한 사람이 되고 싶지 않습니까?"

미키가 혜주를 바라보는 순간 민아는 입술을 거의 움직이지 않은 채로 혜주와 동수만 들릴 정도의 목소리로 말했다.

"얘들아, 준비해."

미키가 어깨를 으쓱거린 뒤 말했다.

"실망이군요."

미키가 손가락을 튕기자 타이거 로봇 입에서 다시 총구가
나왔다. 총이 발사되려는 순간 민아가 주머니에서 총을 꺼내
방아쇠를 당겼다. 엄청난 빛이 뿜어져 나왔다. 빛이 닿자 미
키와 타이거 로봇들은 얼음이 된 것처럼 정지했다.

"가자!"

혜주가 미키를 지나쳐 달렸다. 고층 건물로 뛰어가는 혜주
뒤를 민아는 부지런히 쫓아갔다. 건물 옥상까지 이어지는 계
단을 뛰어올랐다. 옥상 중앙에 덩그러니 놓인 엘리베이터가
보였다. 혜주는 버튼을 미친 듯이 눌렀다. 동수는 주변을 두
리번거렸다. 민아는 숨을 고르느라 허리를 굽힌 채 헐떡였다.

"이거 왜 안 와."

불안해하는 혜주 목소리.

"여기 맞아?"

의심이 잔뜩 끼어 있는 동수 목소리.

"민아 씨, 아주 실망했습니다."

옥상 끄트머리에서 툭 나타난 피터의 목소리. 피터는 빠른
속도로 걸어왔다.

"당신이 맞은 항암 주사, 얼마짜리인지 알면 놀라 자빠질
텐데."

민아는 덜덜 떨리는 손을 주머니에 겨우 넣었다. 총을 주

면서 현준은 여러 발 쏠 수 없다고 강조했었다. 총의 기능이 남아 있는지 없는지 알려면 직접 부딪혀보는 수밖에 없었다. 민아는 총을 꺼내 피터를 향해 발사했다. 고요했다. 빛이 나오지 않았다. 로봇답지 않은 코웃음을 치며 피터는 민아 코앞으로 다가왔다.

이제 다 끝인 건가. 엄마를 다시 볼 수 없는 건가. 아빠의 술주정도, 나를 흘겨보던 보라의 눈빛도 더는 볼 수 없는 건가.

암에 걸렸다는 사실을 알게 된 후 민아는 투병하는 사람들의 책을 집요하게 찾아 읽었다. 책을 다 읽고 작가들을 검색해봤더니 어떤 사람은 살아남았지만 어떤 사람은 죽었다는 사실을 알게 되었다. 온몸이 부들부들 떨려왔다. 이 병의 생존 확률과 완치율을 안다 해도 그 숫자에 휘둘리고 싶지 않았다. 민아는 의심과 불안과 숫자 놀음에 남은 인생을 휘둘리고 싶지 않았다. 무엇보다도 민아는 체념하고 싶지 않았다. 체념하는 것은 쉬웠다. 하지만 민아는 늘 쉬운 길이 아니라 어려운 길을 택했다. 쉬운 건 재미없으니까.

민아는 피터의 얼굴을 향해 총을 던졌다. 그러거나 말거나 우직하게 다가오는 피터 때문에 민아는 겁에 질렸다. 동수가 로봇 다리로 피터의 몸을 발로 찼다. 피터의 몸이 붕 날아갔다. 엘리베이터는 올 생각이 없었고 피터는 인공 지능 로봇답게 놀랍도록 재바르게 일어나 더 빠른 속도로 달려왔다.

포르르 포르르.

피터가 민아를 잡으려는 순간 쿠가 날아와 피터 얼굴에 앉았다. 쿠 때문에 앞을 인식하지 못하게 되자 피터는 필사적으로 쿠를 뜯어내려고 버둥거렸다.

"왔어!"

혜주가 다급하게 외쳤다. 엘리베이터 문이 열렸다. 혜주가 먼저 타고 뒤이어 민아가 탔다. 동수까지 엘리베이터에 타자마자 문이 닫혔다. 문이 완전히 닫히기 직전 피터의 손가락이 문 사이로 들어왔다. 혜주는 비명을 지르면서도 본능적으로 손에 들고 있던 핸드폰으로 손가락을 찍어내렸다.

"몇 층이더라?"

민아가 다급한 목소리로 물었다.

"아무거나 눌러!"

집요하게 매달려 있는 손가락을 로봇 발로 내려치며 동수가 외쳤다. 민아는 1층을 눌렀다. 피터의 손가락이 툭 잘리면서 그제야 엘리베이터 문이 완전히 닫혔다. 익숙한 멜로디가 흘러나왔다. 민아의 입에서 안도의 한숨이 새어나왔다. 엘리베이터가 꿈틀거리기 시작했다. 한 번 겪어본 일이라 놀랍지도 않았다.

전등이 팍 꺼지면서 캄캄한 어둠이 들이닥쳤다. 민아는 눈을 꼭 감았다. 중간 바를 잡으려고 손을 더듬거렸다. 갑자기 엘리베이터가 엄청난 속도로 움직였다. 롤러코스터를 탄 사람처럼 혜주는 비명을 꽥꽥 질렀다. 민아는 바닥에 엉덩방아를 찢었다. 덜컥 동수가 걱정되었다. 엘리베이터를 타는 동안 로봇 다리가 갑자기 사라지면 위험할 텐데. 괜찮은지 동수에게 물어보려는 순간 엘리베이터가 더 심하게 으르렁거렸다. 손을 뻗어 중간 바를 잡으려다가 민아는 머리를 어딘가에 부딪쳤다. 그 탓에 정신을 잃었다.

소원 따위 필요없어

3부 소원 따위
필요 없어

●

　"으윽……." 하는 신음 소리가 절로 튀어나왔다. 온몸이 두들겨 맞은 사람처럼 아팠다. 동수의 기척을 듣고 보호자 침대에서 쭈그려 자고 있던 엄마가 벌떡 몸을 일으켰다.

　"왜 그래? 선생님 불러줄까?"

　동수는 묵직해진 하반신을 느꼈다. 돌아왔구나. 분명 엘리베이터 안에서 정신을 잃은 것 같은데 환자용 침대 위였다.

　"엄마."

　"응, 엄마 여기 있어."

　동수는 엄마 얼굴을 찬찬히 올려다봤다. 며칠 떨어져 있었을 뿐인데 보고 싶었던 얼굴. 다시는 못 본다고 생각하니까 가슴이 저릿하면서 무지근하게 아팠던 얼굴. 엄마가 많이 놀란 것 같아 동수는 미안해졌다.

"악몽 꿨나 봐."

그렇게 말하고 동수가 씨익 웃자 엄마는 금세 안도하는 얼굴로 돌아갔다.

"안 자던 낮잠을 자니까 그래."

"그런가? 참, 나 엄마한테 할 말 있다."

지금 당장 하라는 듯 엄마는 따뜻한 눈길로 동수를 내려다봤다.

"여기 말고 다른 데서 할래."

"그럴래?"

엄마 몸이 바빠졌다. 접혀 있던 휠체어를 꺼내 펼치고 팔에 힘껏 힘을 줘 동수를 일으켜 세웠다. 동수를 휠체어에 앉히느라 엄마의 팔과 어깨에는 늘 파스가 붙어 있었다. 얼른 팔 힘을 길러야겠다. 점심 먹고 꼭 재활치료실에 가야겠다.

엘리베이터를 타기 전 잠깐 멈칫했지만 옥상으로 가려면 별다른 방법이 없었다. 다행히 이 엘리베이터는 정상이었다. 동수와 엄마는 정원과 카페로 꾸며둔 루프탑에 자리를 잡았다. 엄마가 딸기바나나 주스를 동수 앞에 갖다줬다. 새삼 바나나를 먹을 수 있다는 사실이 감격스러웠다. 동수는 주스를 흡입하며 엄마 얼굴을 힐끗 훔쳐봤다. 병원 생활을 시작한 후 엄마는 몇 배로 빨리 늙어버렸다. 눈가에 자글자글해진 주름도, 머리를 반 이상 덮어버린 흰머리도 다 자기 잘못 같아 동수는 엄마를 보던 눈길을 하늘로 돌렸다. 푸른 하늘에 조각조각 떠 있는 구름을 바라보다가 동수는 말했다.

"엄마, 나 다신 못 걸을 수도 있어."

엄마의 눈동자가 흔들렸다. 빨대를 쥐고 있던 엄마의 손이 파르르 떨렸다.

"난 진짜 괜찮아. 구라 아니야. 근데 엄마는 안 괜찮지?"

엄마의 눈가가 젖어들었다.

"많이 먹고 많이 웃고 많이 떠들게. 사람들한테 좋은 일도 할게."

엄마의 입에서 끄윽끄윽, 하는 소리가 새어나왔다. 엄마는 고개를 숙인 채 흐느꼈다. 동수는 레그 로봇을 다리에 차고 발딱 일어나 엄마 옆으로 걸어가는 자신의 모습을 상상했다. 엄마 옆에 서 있다가 두 팔로 엄마의 몸을 한 아름 안아주면 얼마나 좋을까. 그럴 수 없으니 동수는 가녀린 팔을 죽 뻗어 엄마의 손을 꽉 잡아주었다. 엄마의 서러움과 아픔이 손바닥 으로 고스란히 전해졌다.

미안해, 엄마.

그렇게 말하고 싶었지만 입이 떨어지지 않았다. 동수는 묵묵히 기다렸다. 엄마의 통곡이 진정될 때까지 얼마가 걸리든 기다릴 작정이었다.

엄마. 아름다운 바다를 보았어. 넘실대는 푸른 바다 곁에서 다시 걷는 꿈을 꿨어. 어찌나 생생하던지 꿈이 아닌 줄 알았어. 걸음마를 처음 떼는 아이처럼 넘어질 듯 위태롭게 걷다가 금방 달리기까지 했어. 그런데 혼자였어. 어디로 가야 할지 알 수 없어 계속 걸었어. 걷다 보니까 마음 안에 숨어 있던 생각들이 하나씩 솟구쳤어. 다시 걷지 못할까 봐 정말 무서웠어. 엄마가 실망하고 속상해하는 모습을 보고 싶지 않았거든. 갈 길을 잃고 헤매다가 다시 바닷가로 걸어갔어. 방파제 끝에 앉아 하염없이 밀려오는 파도를 바라보는데 바다가 말을 걸어왔어. 괜찮다고. 어떤 일이든 받아들일 수 있는 힘이 네 안에 있다고. 그 순간 거짓말처럼 내 이름을 부르는 소리가 들렸어. 민아였어. 안도감이 들었어. 민아를 만나는 순간 이곳으로 돌아올 수 있을 것만 같았거든. 다시 엄마 얼굴을 볼 수 있을 것 같았거든.

*

눈을 떴을 때 혜주는 학교 강당에 있었다. 강당 앞쪽에 '모의 면접 대회 본선'을 알리는 플래카드가 펄럭였다. 갑자기 여기라고? 병원도 아니고, 내 방도 아니고? 혜주는 가장 먼저 자기 손톱을 확인했다. 손톱 밑에 박았던 칩이 감쪽같이 사라졌다. 그동안 생생한 꿈을 꾼 건가.

옆자리에 앉은 예원은 발을 동동 구르는 중이었다. 예원이 가까이 다가와 귓속말을 소곤거렸다.

"긴장돼 죽겠어."

혜주는 전혀 긴장되지 않았다. 우선 본선을 잘 치르고 상을 받고 싶은 마음이 아예 없었다. 이 우스꽝스러운 면접 대회를 없애달라고 청와대 청원 게시판에 글을 올리는 일이라면 몰라도 다른 것에는 열을 올리고 싶지 않았다.

아, 맞다. 그 남자애!

혜주는 고개를 길게 빼고 주변을 두리번거렸다. 그 애는 보이지 않았다. 남자애가 속한 23조는 본선에 오르지 못했으니 어찌 보면 당연한 일이었다. 예원이 면접 질문 예상지를 손에 틀어쥐고 미리 준비한 답변을 끊임없이 중얼거렸다.

"나 화장실 좀."

그렇게 말하고 혜주는 강당을 빠져나왔다. 계단을 내려오며 고민했다. 집에 가야 하나? 병원부터 가볼까? 민아와 동수가 무사히 돌아왔는지 알고 싶었다. 학교 건물을 빠져나오던 발걸음이 뚝 멈췄다. 그래도 예원이랑 한 조인데 이렇게 토껴도 되나? 예원이 당황해 본선을 망치면? 혜주는 발길이 닿는 대로 작은 화단 주변을 계속 맴돌았다. 마음을 정하지 못하고 그러고 있는데 교문 쪽이 소란스러웠다. 발걸음이 저절로 그쪽으로 향했다.

소동의 현장에 가까워질수록 혜주의 가슴은 벌렁거렸다. 저 익숙한 실루엣과 뒤통수. 설마 그 애인가?

— **우리에겐 제대로 된 면접을 받을 권리가 있다.**

피켓에 적힌 문장이 보였다. 그다음에 피켓을 들고 있는 사람의 얼굴이 보였다. 그 애였다. 면접 대회 관계자로 보이는 어른 몇 명이 그 애 주변을 에워쌌다. 어떤 사람은 그 애를 설득했고 어떤 사람은 협박성 멘트를 날렸다. 그러거나 말거나 그 애는 꿋꿋하게 자리를 지켰다.

"저는 지금 시위의 자유를 행사하고 있습니다. 제 몸이나 피켓을 건드리시면 경찰에 신고하겠습니다."

그 애가 단단한 목소리로 으름장을 놓자 어른들도 망설였다. 당장 그 애가 들고 있는 피켓을 집어던져 발로 짓밟고 싶은 얼굴이었지만 그러지 못했다. 그 애를 설득하려던 어른들이 그냥 무시하고 들어가자는 쪽으로 가닥을 잡은 듯 교문 안으로 후퇴했다. 곧 모의 면접 대회 본선이 시작될 시간이기도 했다.

"안녕?"

조용해진 틈을 타 혜주는 용기를 냈다. 그 애는 혜주를 한 번 쓰윽 바라보고는 다시 정면을 응시했다.

"실은 나도 같은 생각을 했어. 너처럼 목소리 낼 생각은 못 했지만."

소름이 돋을 정도로 스스로가 낯설었다. 혜주는 사람에게 먼저 인사를 건네거나 대꾸조차 없는 상대방에게 먼저 자기 이야기를 꺼내는 타입이 아니었다. 그런데 지금은 멈출 수가 없었다. 몹시 궁금했으니까. 이 아이의 이름과 생각과 이토록 용감할 수 있는 이유가 전부 궁금했다.

"몇 조인데?"

드디어 그 애가 말을 받아줬다.

"5조."

"본선 오른 거면 들어가봐야 하는 거 아냐?"

"같이 하는 애가 잘할 거야. 어차피 난 준비도 안 돼 있고."

혜주는 스리슬쩍 그 애 곁으로 한 걸음 더 다가갔다.

"내 이름은 혜주야."

그 애는 혜주를 힐끗 보다가 다시 앞을 바라봤다.

"난 윤건."

"이름이 건이야, 윤건이야?"

"건. 외자야."

학교 앞을 지나가는 사람들이 윤건이 들고 있는 피켓을 힐끔거렸다. 그러거나 말거나 혜주는 윤건에게 도움이 되고 싶었다.

"혹시 목마르니?"

"아니."

잠깐 뜸을 들이다가 혜주는 아까보다 조금 더 크게 목소리를 냈다.

"어떻게 그럴 수 있어?"

혜주의 질문을 듣고 윤건이 고개를 조금 돌렸다.

"어떻게 그렇게 당당하고 용감할 수 있어?"

윤건은 혜주가 있는 쪽으로 몸을 약간 돌렸다. 그러고는 혜주의 눈을 지그시 바라봤다.

"한 번 침묵하면 영원히 그래야 하거든."

그러니까 그걸 넌 어떻게 아는 거냐고.

"처음이 어렵지 한 번 해버리면 그다음은 안 어려워."

마음을 고백하는 일도 그런 거겠지? 처음이라 이렇게 어려운 거겠지?

너를 더 알고 싶다고, 너와 더 친해지고 싶다고 말하고 싶었다. 언젠가는 나도 너처럼 용감한 사람이 되고 싶다는 말을 꺼내고 싶었지만 입이 안 떨어졌다. 혜주는 여전히 스스로가 겁쟁이로 느껴졌다. 새로운 세계로 건너가 신기한 며칠을 보냈다고 하루아침에 사람이 용감해질 수 있는 건 아닌가 보다. 갑자기 사람이 확 변하면 큰일 생긴다는 옛말이 사실일지도 모른다.

"피켓 하나 더 있긴 한데."

윤건이 고개를 옆으로 돌려 혜주를 바라봤다. 진심을 다해 사람을 바라봐주는 깨끗한 눈동자. 자신을 바라보는 그 애의 눈동자를 혜주도 진심을 다해 들여다봤다. 신기한 일이었다. 잠깐 눈을 마주쳤을 뿐인데 그 애의 에너지 같은 것이 몸으로 쑥 들어오는 듯했다. 그것만으로 마음이 후끈 달아올랐다.

"피켓 줘봐."

윤건은 잠깐 망설였다.

"괜찮겠어?"

혜주는 손을 그 애한테 쭉 뻗으며 대답했다.

"응, 괜찮아."

*

인기척을 느끼고 민아는 잠에서 깨어났다. 무척 깊은 잠을 잤는지 몸이 개운하다고 생각하고 있는데 나직한 목소리가 들려왔다.

"깼니?"

손등으로 눈을 비빈 후 민아는 눈을 가늘게 떴다. 보라가 보호자 의자에 앉아 자신을 내려다보고 있었다. 이 비현실적인 장면은 뭐지?

"꿈인가?"

보라가 쿡쿡 웃음을 터트렸다.

"꿈 아니야."

어안이 벙벙했다. 공주가 앞에 있다니. 저렇게 장난스러운 웃음을 터트리면서. 하지만 꿈이라고 하기에는 바늘이 쿡쿡 찌르는 느낌이 너무 리얼했다. 민아는 더디게 눈을 끔뻑이다가 주변을 둘러봤다. 자신이 원래 있던 병실이 아니고 2인실이었다. 항암을 받기 위해 병실을 옮긴 건가 싶었다. 버튼을 눌렀더니 침대가 서서히 각도를 높였다.

"어쩐 일이야?"

"따로 시간 내서 온 것도 아닌데 뭐."

민아가 눈을 동그랗게 뜨자 보라는 무심하게 덧붙였다.

"나도 이 병원 환자거든."

보라는 허벅지 위에 살포시 얹어둔 가방을 열어 틴트를 가볍게 발랐다.

"항우울제. 신경안정제. 뭐 빤한 이야기지."

보라는 틴트 뚜껑을 거칠게 닫으면서 민아를 건너다봤다.

아역 배우들에게 보라는 롤 모델이었다. 보라는 그 엄청난 촬영 일정을 소화하면서 영어 공부도 부지런히 했고 성적도 나쁘지 않았다. 현장의 모든 스태프를 잘 챙기고 단역에 불과한 배우들까지 이름을 기억해주고 불러줬다. 드라마 〈최고의 공주〉로 시청률이 고공행진할 때도 겸손한 태도를 잃지 않았다. 그런데 유독 민아에게만 차갑고 매정했다. 처음에는 서운했지만 그 감정도 오래가지 못했다. 현장이 정신없이 돌아가기도 했고 애초에 민아는 보라에게 기대하는 것이 적었기에 실망도 크지 않았다.

"그거 모르지?"

보라가 밑도 끝도 없이 말을 시작했다.

"조연에 불과한데 이상하게 네가 거슬렸어. 가끔 네가 나보다 더 반짝이는 것 같아 견디기 힘들더라고. 누구보다도 열심히 사는 네가 질투 나기도 했고 아무리 혼쭐이 나도 주눅 들지 않는 네 단단함이 좀 부러웠어."

민아는 여러 감정이 뒤섞여 일렁이는 보라의 눈망울을 지그시 보며 생각했다. 내가 큰 병에 걸린 사람이라 보라는 자기 속마음을 이야기하는 걸까. 자신보다 더 아프고 힘들어 보이는 사람 앞에서만 솔직해지는 사람들이 있는 건지도 모르겠다. 그렇다면 큰 병에 걸려 아프다는 거, 아주 쓸모없고 비참하기만 한 일은 아닐지도 모르겠다.

아빠 친구인 소속사 대표가 딱 까놓고 말해주지 않았지만 민아도 짐작하고 있었다. 아빠 친구와 보라 소속사 대표가 친한 사이인 덕분에 민아가 괜찮은 단역 자리를 맡았다는 것을 말이다.

보라는 아역 스타였다. 모든 사람이 보라의 일거수일투족을 주시했다. 지나친 관심과 사랑이 때론 보라를 지치게 했겠지. 그것도 모르고 아빠는 늘 보라를 부러워했다. 민아도 때로는 흔들렸다. 보라처럼 성공해 주연 자리를 꿰찬다면 아빠가 더는 술을 먹지 않을까. 엄마가 더는 고생하지 않을 수 있을까.

"호수에 빠지는 신 찍었을 때 기억난다."

민아도 선명히 기억했다. 어떤 장면을 찍든 완벽한 연기를 보여줬던 보라에게도 큰 약점이 있었다. 바로 물이었다. 물을 세상에서 가장 무서워하는 사람이 물에 빠져 첨벙거리는 장면을 찍어야만 하는 상황. 거듭 반복되는 엔지를 지켜보다가 민아가 조연출에게 다가갔다. 물이 마구 튀는 장면은 어차피 얼굴이 잘 안 나오니까 자신이 대신 찍으면 어떻겠느냐고 말했다. 조연출은 곧바로 감독에게 달려갔다.

미국의 쿠건법에 대해 이야기해준 사람도 보라였다. 아역 배우를 보호하는 법안인데 아역 배우가 번 수입을 성인이 될 때까지 부모가 함부로 쓰지 못하도록 지켜주는 법이란다. 그 말을 할 때 보라에게 출연료나 계약금을 부모님이 관리하느냐 물어보고 싶었지만 그러지 못했다. 쌀쌀맞은 보라에게 다가가는 일은 쉽지 않았다. 민아도 어린이 배우 중심으로 현장을 만들기 위해 노력하는 영화감독이 있다는 이야기를 들은 적이 있다. 영화 촬영 현장과 드라마 촬영 현장은 다른 게 많고 그런 배려 돋는 감독님을 직접 겪어본 적은 아직 없었지만.

"참, 내 친구가 네 찐팬이야."

"그래? 고맙네."

순간 민아는 동수와 혜주 생각을 했다. 걔들도 무사히 왔겠지? 나만 이곳으로 온 건 아니겠지?

"가봐야겠다. 매니저 오빠가 주차장에서 기다리고 있거든."

자리에서 일어서려는 보라를 민아는 잠깐 붙들었다.

"나 물어보고 싶은 게 하나 있어."

"뭔데?"

"넌 연기가 좋니?"

보라는 골똘히 생각에 잠기지도, 망설이지도 않았다.

"당연하지."

마치 카메라가 눈앞에 있는 것처럼 보라는 자리에서 천천히 일어나 우아한 포즈로 가방을 어깨에 걸쳐 멨다.

"연기할 때 난 살아 있다는 걸 느끼거든. 그래서 강해지거든."

금방이라도 병실 밖으로 튀어나갈 것 같던 보라가 슬그머니 다시 의자에 앉았다. 연결되는 동작이 어찌나 부드러운지 한 편의 마임을 보는 것 같았다.

"나도 질문."

보라의 입에서 어떤 질문이 나올지 민아는 예측조차 할 수 없었다.

"다 나으면 다시 연기할 거니?"

민아는 고개를 작게 저었다.

"아니. 나 시 쓸 거야."

"그래? 꼭 해보고 싶은 역할 못 해본 거 아냐?"

보라의 앙탈 섞인 말투에 민아는 배시시 웃어주었다.

"아~주 자유로운 영혼을 연기해보고 싶긴 했지. 규범이나 의무 같은 거 다 집어던지고 사는 똘아이 캐릭터 말이야. 근데 억울하진 않아."

"왜?"

"시를 쓰면 그렇게 되거든."

"와우." 하고 보라 입에서 부드러운 탄성이 새어나왔다. 보라는 입술을 잠깐 삐죽 내밀다가 금세 "오케이." 하고 외쳤다. 민아의 은퇴 선언을 아주 가벼운 농담처럼 받아들이는 듯했는데 기분이 전혀 나쁘지 않았다.

모델처럼 보라가 문 앞에서 몸을 홱 돌려 포즈를 취했다. 허리를 짚던 손을 스르륵 풀고는 문을 열었다.

"그럼 우린 병원에서 또 보자고. 굿바이."

뮤지컬 배우가 무대에서 퇴장하듯이 보라는 여운을 남긴 채 사라졌다. 어떤 스트레스 때문에 그런 약들을 먹게 됐는지 알 수 없지만 보라가 연기하는 일을 사랑한다면 잘 이겨낼 수 있으리란 믿음이 들었다. 보라가 남긴 말이 마음에 조용히 퍼져나갔다.

나는 언제 강해지는가? 언제 살아 있다고 느끼는가?

민아는 핸드폰 메모장에 이 문장들을 적었다. 잠시 현준을 생각했다. 현준은 무사할까. 시를 들고 있다는 죄목으로, 이민자의 도주를 도왔다는 죄목으로 감옥에 끌려갔으면 어쩌나. 차분하게 가라앉지 못하는 마음을 부여잡고 민아는 입술을 오므린 채 혼잣말을 중얼거리기 시작했다.

시를 쓰자. 마음에서 흘러나오는 말들을 더 많이 내뱉고 적자. 어떤 것도 검열하지 말고 일단 무작정 쓰자. 오늘 또 어떤 단어들이 가슴에서 솟아오를지 설레하고 기대하자. 그거면 충분하다.

*

혜주는 엄마한테 사랑 병원까지 데려다달라고 했다. 수행평가로 간호사 선생님들을 인터뷰해야 한다고 거짓말을 했다. 지하철이나 버스를 타고 갈 수 있었지만 일부러 그랬다. 엄마한테 할 말도, 들을 말도 있었다.

"이렇게 병원에 자주 가는 걸 보면 넌 의사가 될 운명이야. 그러니까 수학 성적 좀 올리자, 이것아."

놀랍도다. 엄마와의 모든 대화는 결론이 늘 수학 성적으로 귀결되었다. 그럴 때마다 혜주는 극심한 두통과 구역질을 느꼈는데 오늘은 멀쩡했다. 샤이어 효과였다! 샤이어에서 각종 불만으로 가득 차 징징거리는 사람들을 짧은 시간에 겪었더니 이 정도 잔소리는 아무렇지 않게 느껴졌다.

"수행평가는 이게 전부야?"

"그럴 거야."

"그럴 거야가 뭐야. 뭐든 확실하게 해야지."

"이게 마지막 수행평가 맞아."

"수행평가도 중요하지만 시험 준비해야지. 기말고사도 얼마 안 남았잖아."

머릿속에서 경고등이 울렸다. 두통, 어지럼증은 아니지만 호흡 곤란을 느꼈다. 혜주는 깊이 숨을 들이마시고 내뱉었다. 휴, 하고 긴 한숨이 절로 나왔다.

"엄마."

엄마의 대꾸를 기다렸지만 엄마는 조용했다.

"몽키 바나나랑 플랜틴 바나나가 어떻게 다른지 알아?"

엄마는 우회전 깜빡이를 넣으며 샐쭉한 표정을 지었다.

"갑자기 웬 바나나? 배고프니?"

적절한 답변이 아니다. 만약 샤이어 친절 부서에서 엄마가 일했다면 하루도 채우지 못하고 곧바로 잘렸을 거다.

"우리가 먹는 바나나 종류는 캐번디시야. 바나나 원산지는 어디게?"

"얘가 정말. 갑자기 왜 바나나 타령이야? 수행평가 과제야?"

내가 좋아하거든. 엄마는 모르겠지만. 관심도 없겠지만.

"엄마."

혜주는 아까보다 한층 딱딱한 목소리로 엄마를 불렀다.

"난 바나나를 연구하는 사람이 될 거야."

엄마가 고개를 돌려 혜주 얼굴을 힐끗 봤다. 그러더니 차선을 변경해 도로변에 차를 세웠다. 그러거나 말거나 혜주는 가슴속에 쌓아둔 말을 하나씩 꺼냈다.

"의사도, 약사도, 한의사도 안 될 거야. 그건 엄마가 원하는 삶이지 내가 원하는 삶이 아니야."

"너 오늘 뭐 잘못 먹었니?"

"오래전부터 하고 싶었던 말을 하는 거야. 나는 바나나가 겁나 좋은데 멸종 위기라잖아. 바나나를 좋아하는 사람으로서 가만있을 수 없잖아. 엄마는 성적에 목숨 거는데 난 안 그럴 거야. 친구들 밟을 생각도 없어. 친구들이랑 놀고 싶어. 그리고 나 아파서 병원 간 적 없어. 다 꾀병이었어. 집도 싫고 엄마랑 한 공간에 있기 싫어서 거짓말……."

짝, 하는 소리가 났다. 엄마 손바닥이 거칠게 혜주의 뺨을 올려붙였다. 싸대기를 맞고 고개가 홱 돌아갔지만 혜주는 당황하지 않았다. 시끄러웠던 머릿속이 차분해지면서 오히려 속이 다 시원했다. 마음도 머리도 한없이 차가워졌다.

"솔직히 말할게. 나 엄마 때문에 불행했어. 수면제를 모은 적도 있어. 엄마가 공부 잘했다고 나도 당연히 잘해야 하는 건 아니야. 엄마가 이루고 싶었던 일을 나를 통해 이루려고 하지 마. 이건 내 인생이고 엄마는 엄마 인생이나 잘 살아. 그게 정 힘들면 말해. 내 꼴이 보기 싫어도 솔직히 말해. 내가 유학 가거나 기숙사 있는 대안 학교 갈 테니까. 마음 결정하면 말해줘."

혜주는 차에서 내렸다.

"야! 강혜주! 너 말 다했어? 너 이리 안 와?"

혜주는 가만히 몸을 돌려 엄마 차를 한번 쳐다봤다. 이게 무슨 짓이냐고 고래고래 외치는 엄마를 사람들이 힐끗거렸다. 그제야 사람들의 시선을 느꼈는지 엄마는 허겁지겁 차를 몰아서 사라졌다.

앱을 켜고 병원까지 가는 길을 검색했다. 천천히 걸어가면 된다. 시간은 질릴 정도로 많았다. 두 다리를 놀려 앞으로 나아갔다. 동수를 만나기 전에는 잘 몰랐다. 걷는 일이 얼마나 대단하고 소중한 일인지. 혜주는 시선을 내려 자신의 두 다리를 내려다봤다. 한 걸음을 뗄 때마다 감사하다는 말이 절로 튀어나왔다.

엄마 딸로 사는 건 정말 괴롭고 지루했다. 좋아하는 것들마저 없었다면 혜주는 질식했을지도 모른다. 좋아하는 것은 진짜로 힘이 세다. 게다가 운 좋게 그사이 좋아하는 것이 몇 가지 더 생겼다. 병원, 민아, 동수, 그리고 윤건. 건이를 생각하자 저절로 뺨이 뜨겁게 달아올랐다. 덥다, 더워. 6월인데 벌써 한여름 같네. 가다가 편의점이 보이면 차가운 생수나 사 먹어야겠다.

병원에 도착해 민아의 병실을 찾았다. 병실이 2인실로 바뀌어 있었다. 혜주가 들어서자 민아는 맑은 미소를 지어 보이며 부탁이 있다고 했다. 민아와 함께 텅 빈 창고에 들어갔다. 원래는 약품 상자를 보관하는 곳이었는데 비상 대피소로 바꾸기로 하면서 상자를 빼버렸다는 이야기를 민아가 조곤조곤 들려줬다. 텅 빈 창고에 하얀색 의자가 하나 있었다. 민아는 조용히 의자에 가서 앉았다. 왜 의자에 앉은 채 활짝 미소

짓는 민아의 얼굴이 슬퍼 보이는지 혜주는 알 수 없었다.

잠시 후 문이 열렸다. 키가 크지 않은 여자가 들어왔고 민아는 일어나 인사했다. 여자가 민아 곁으로 다가갔다. 민아는 두 팔을 활짝 벌렸지만 링거줄 때문에 둘은 엉성한 포옹을 할 수밖에 없었다. 여자는 촉촉해진 눈으로 혜주에게 눈인사를 건넸다.

"금방 끝내줄게."

여자가 검정 가방을 땅에 내려놓으며 말했다.

"천천히 해도 돼요."

민아는 느긋해 보였다. 경치 좋은 곳에 앉아 뜨거운 아메리카노를 즐기는 사람 같았다. 여자가 가방에서 동그란 거울을 하나 꺼냈다. 잠깐 망설이는 여자를 보다가 민아가 혜주를 돌아다봤다.

"부탁 하나만 더 해도 될까?"

혜주는 고개를 끄덕인 뒤 여자에게서 거울을 받아 들고 민아 앞에 섰다. 여자가 가운을 부드럽게 펼쳐 민아 몸에 걸쳤다. 여자는 가위가 줄줄이 매달린 벨트를 찼다. 그제야 혜주는 지금 무슨 일이 벌어지고 있는지 알아차렸다.

"시작할게."

민아가 편안하게 고개를 끄덕거렸다. 선생님이 한숨을 휴, 하고 내쉬었다. 모두의 시선이 한곳으로 쏠렸다. 풍성하게 웨이브를 한 아름다운 머리카락이 가윗날에 잘려나갔다. 밝은 갈색기가 도는 멋진 머릿결이 낙엽처럼 바닥에 떨어졌다. 선생님은 신중하게 머리의 길이를 줄여나갔다. 까까머리가 된 민아가 눈을 감았다. 헤어클리퍼가 남은 머리카락을 더 짧게 자르기 시작했다.

거울을 들고 있던 혜주의 손이 덜덜 떨렸다. 민아가 곧 울음을 터뜨리면 어쩌지. 무슨 말로 위로를 하지. 어떤 말도 떠오르지 않았다. 남을 위로하는 일에 소질이 없는 혜주였다. 누군가한테 위로를 받아야 한다면 그건 자신이라고 평생 믿어온 혜주였다.

이발은 금세 끝났다. 민아는 울지도, 비명을 지르지도 않았다. 우울해 보이지도, 슬퍼 보이지도 않았다. 자기 머리를 한 손으로 가만히 쓸어내리며 조용히 자기 얼굴을 응시했다.

"나 생각보다 괜찮지 않아?"

민아가 혜주를 건너다보며 불쑥 물었다. 혜주는 당황하거나 걱정한 티를 내지 않으려고 안간힘을 다해 넙죽 대답했다.

"완전. 너 두상 진짜 예쁘다."

그 말에 민아가 환하게 웃었다. 신비로웠다. 민아의 미소가 휑뎅그렁한 창고 안을 환하게 밝혔다. 하얀 벽지로 둘러싸여 창백하기 그지없던 공간이 금세 따뜻하고 온전해졌다. 선생님이 덩달아 미소 지었고 혜주도 입꼬리를 올렸다. 민아의 미소가 순식간에 번져 텅 비어 있던 혜주의 마음을 꽉 채웠다.

"고마워요, 언니."

선생님이 민아의 어깨를 가만히 쓰다듬었다. 민아는 어색해진 자기 머리와 친해지려는 듯 머리를 가만히 만지작거리더니 코를 약간 찡그렸다. 그러고는 준비해둔 두건을 꺼냈다. 하늘색에 작은 나비들이 그려진 두건이었다. 마음에 드는 두건을 고르느라 몇 시간 동안 웹서핑을 했다고 칭얼거렸다. 두건의 색감이 얼굴색과 제법 어울렸다.

"같이 와줘서 고마워."

민아의 목소리가 부드럽게 퍼졌다. 민아는 언제나 혜주가 듣고 싶은 말을 해줬다. 함께 있어달라고 부탁해줘서 내가 더 고마워. 그렇게 말해주고 싶었지만 입이 떨어지지 않았다.

불쑥 엄마 생각이 났다. 엄마에게 내뱉은 말들이 하나씩 떠올랐다. 혜주가 엄마한테 듣고 싶었던 말은 따로 있었다.

네가 병원에 입원할 때마다 가슴이 철렁 내려앉았어. 그런데 오늘 인터뷰 때문에 간다고 하니까 기분이 좋네. 공부도, 성적도 중요하지만 건강이 훨씬 더 중요해. 그러니까 무리하지 말고 병원에 다시는 입원하지 말자, 우리. 엄마가 진짜 원하는 건 그거 하나야.

*

준비를 마쳤다. 물, 이어폰, 냄새가 안 나는 맛밤, 안대, 저혈당 쇼크 덤핑을 대비한 사탕들, 딸기우유 한 개. 약주머니

안에 들어 있는 항암제가 인퓨전 펌프를 거쳐 몸으로 들어온다. 항암제 냄새가 두통이나 구토증을 불러오지 않기만을 바랄 뿐이다.

오늘은 물 한 모금 제대로 넘기지 못할지도 모른다. 하루 종일 변기와 실랑이를 벌일지도 모른다. 주사를 맞으면 공기에서도, 물에서도 약 냄새가 난다고 한 블로거가 떠오른다. 너덜너덜해진 혀 때문에 며칠 동안 음식을 먹지 못해서 괴롭다고 말한 유튜버도 생각난다. 주사를 맞는 손과 팔이 부어올라 욱신거린다. 생각이나 걱정을 물리친다. 몸의 모든 감각이 통증에만 집중한다. 매우 집요하고 본능적인 집착이다. 고통이 심한 사람들에게 행복은 아주 단순한 문제다. 고통이 줄어들거나 잠깐이나마 완전히 사라지는 상태. 그것보다 더 큰 행복은 없다.

네가 얼마나 힘든지 내가 잘 모르겠어. 그래서 답답해.

동수의 문자를 보고 민아는 잠깐 피식 웃었다. 고마웠다. 그 어떤 말보다도 큰 위로가 되었다.

엄마가 손을 꼭 잡아준다. 그 손을 민아도 절실히 붙든다. 엄마가 민아 몸을 조심스레 주무른다. 욱신거리던 온몸이 잠깐 잠잠해진다. 엄마 손이 약손이다. 까무룩 잠이 든다.

아주 나쁜 꿈을 꾼다. 벌을 받고 있는 거다. 엄마를 이곳에 내버려두고 샤이어에서 혼자 행복하겠다는 마음을 잠깐 품은 벌로 악몽이 이어진다. 아무리 애써도 실수를 저질러 감당할 수 없는 꿈. 깊은 늪에 빠져 허우적거리는 꿈. 칼을 든 살인자가 집요하게 쫓아와 땀을 뻘뻘 흘리며 도망을 다니는 꿈. 몸부림을 막 치다가 잠에서 깨면 베개와 이불이 땀에 흠뻑 젖어 있다.

아빠는 불규칙적으로 집에 왔다. 술에 잔뜩 취한 날이면 엄마를 괴롭혔다. 그래서일까. 해가 뉘엿뉘엿 넘어가기 시작하면 엄마 얼굴이 딱딱하게 굳어간다는 걸 어린 민아도 알았다. 저녁이 되면 엄마는 말이 없어지고 차가워졌다. 그런 엄마의 변화에 어린 민아도 덩달아 미소를 잃었다. 오늘은 또 무슨 일이 있을까. 알 수 없는 미래가 주는 불안과 긴장 때문에 저녁만 되면 엄마 얼굴이 어두워졌던 거구나. 그걸 이제야 조금 알 것 같다.

민아는 노력했다. 독하게 공부해 상위권을 지켰다. 학원 수업이나 과외 수업 한 번 받지 않고도 괜찮은 성적을 유지했다. 1등이나 2등은 아니었지만 민아의 성적은 엄마에게 큰 기쁨이고 보람이라는 것을 알았다. '애어른', '백 살 노인네', '추 할머니' 애들이 붙여준 별명에 속이 상할 때도 있었지만 그러려니 했다. 부정할 수 없는 사실이기도 했다.

억울하다고 생각하지 않았다. 아빠가 돈이 많이 든다는 이유로 피아노를 못 배우게 했을 때도, 단역 배우 면접을 물어와 없는 시간을 쪼개야 했을 때도, 아빠가 보라처럼 보란 듯이 성공해야 한다고 쉴 새 없이 쪼아댈 때도, 아빠가 민아를 딸이 아니라 로또 취급할 때도 억울하지 않았다. 묵묵히 오디션을 봤고 합격하면 촬영 현장에 달려갔다. 엄마의 과일 가게는 대형 마트에 밀려 점점 장사가 되지 않았다. 민아가 받아오는 출연료가 꼭 필요했다. 무지하게 긴 대기 시간에는 핸드폰으로 인강을 봤고 복습 노트를 꺼내 읽었다. 밤샘 촬영도 힘들지 않았다. 아무리 시끄러운 곳에서도 이 악물고 집중했다. 엄마만 생각하면 민아는 그랬다. 한없이 강해지고 단단해졌다.

그런 민아와 엄마였지만 병에 걸렸다는 사실을 알았을 때는 무너져내렸다. 민아는 억울했다. 가슴 밑바닥부터 쌓아 올린 응어리들이 한꺼번에 터져버렸다. 더는 참을 수 없었고 참고 싶지도 않았다.

촬영 현장에 나가지 않았다. 아빠와 말도 섞지 않았다. 아빠가 병원에 오는 것을 막았다. 그동안 아빠 몰래 모아둔 출연비를 엄마에게 내밀었다. 엄마가 아빠와 이혼 소송에 들어가도록 설득했다. 엄마에게 시도 때도 없이 환하게 웃었다. 농담 따먹기를 즐겨 했다. 재미있는 예능 프로그램을 같이 보면서 배꼽을 잡고 웃어댔다. 엄마의 얼굴이 딱딱하게 굳지 않도록 민아는 의연히 1차 항암을 버텨냈다. 하지만 지금은 무섭다. 그때처럼 2차 항암도 잘 견뎌낼 수 있을지 모르겠다.

"네가 그렇게 잘났어? 그래봤자 단역인 주제에."

아빠 목소리였다. 민아는 눈을 번쩍 떴다. 술에 취해 불콰해진 얼굴로 아빠가 민아의 병실에 들어왔다. 옆에서 쩔쩔매는 엄마의 얼굴. 아빠를 말리려고 달려온 간호사 선생님들. 꿈이 아니었다.

"뚫린 입으로 말해봐. 이혼을 원하는 건 당신이 아니라 저년이지?"

아빠를 마주해야 하는 고통과 항암 주사를 맞는 고통 중 뭐가 더 큰지 잠깐 헷갈렸다. 민아는 흠씬 두들겨 맞아 케이오 당하기 직전인 몸을 이끌고 침대에서 일어나려고 애썼다. 이를 부득부득 갈며 당장 나가라고 외치고 싶은 마음이 굴뚝같았다.

"나가."

분명 외쳤는데 소리는 퍼지지 않았다. 목에서 바람 빠지는 소리만 색색 들렸다. 상체를 일으키려고 애쓰는 민아를 발견하고 엄마는 민아 곁으로 달려왔다.

"민아야."

그냥 가만히 누워 있어. 무리하면 큰일 나. 지금은 네 몸만 생각해야 해. 엄마가 차마 하지 못한 말들이 연쇄적으로 귓가에 울려 퍼졌다.

"병실에서 이게 무슨 짓입니까!"

아이언맨이 출동했다. 평소 냉정하고 까칠하기로 소문난

주치의 의사 샘이 남자 간호사와 병원 경호원을 대동하고 나타났다.

"아니, 아비가 자기 딸 병원도 못 옵니까?"

아빠의 쩌렁쩌렁한 목소리 때문에 민아는 골이 다 아팠다. 저 소리가 듣기 싫어서 얼마나 많은 준비를 했었나. 그런데 또다시 저 소리를 듣고 있는 꼴이라니.

"환자가 아버님 방문을 원하지 않고 있어요. 그리고 제가 듣기론 이혼 소송 중이시고 민아 어머님에게 접근하면 안 되시잖아요. 안 그래요?"

비틀거리는 몸으로 아빠는 배를 잡고 웃어댔다.

"하하, 의사 양반이 우리 집 사정을 나보다 더 잘 아네?"

"일단 나가시죠."

아이언맨과 남자 간호사 샘과 경호원이 아빠를 포위하자 아빠는 순한 양이 되어 순순히 끌려 나갔다.

"어휴, 저 웬수. 인간 말종."

엄마는 아빠 별명을 몇 개 읊으며 가슴을 쓸어내렸다. 민아도 침대 위로 다시 쓰러졌다. 엄마는 수건을 차갑게 적셔와 식은땀에 젖은 민아의 얼굴과 몸을 닦기 시작했다.

"괜찮니? 놀랐지?"

"엄마는?"

"엄만 괜찮아. 네 몸이 놀랐을까 봐."

"나도 괜찮아."

"그럼 됐다."

술에 취한 아빠가 엄마를 몇 번 때렸다. 한 번은 어렸을 적에, 한 번은 민아가 초등학생이었을 때. 그리고 한 번은 목을 조르려고 했다. 몸부림치며 저항하는 엄마 목을 틀어쥐고는 방문으로 세게 밀었다. 고함을 질렀나? 경찰에 신고 전화를 했나? 아니면 도망을 갔나? 민아는 그 순간 자신이 어떤 행동을 했는지 기억나지 않았다. 기억하고 싶지 않은 장면이라 싹 지워버린 걸지도 몰랐다.

"물 줄까?"

엄마가 물었다.

"아니, 괜찮아."

민아는 창 쪽으로 몸을 돌렸다. 눈을 감자 눈앞에 샤이어가 떠올랐다. 수련이 가득 핀 식물원 안을 엄마와 함께 기웃거린다. 수국 정원이란 팻말을 보고 민아가 엄마 손을 끌어당긴다. 풍성하게 피어난 수국들이 민아를 반긴다. 가짜지만 아름다웠지. 보라색, 자주색, 분홍색, 보라와 분홍을 섞은 색, 옅은 파랑과 하늘색의 중간색, 하얀색, 아이보리색. 다양한 색깔의 수국을 떠올리자 파스텔 색으로 빛났던 샤이어의 건물이 보고 싶어진다.

병원에 환자보다 의료진이 많은 곳. 통증 없는 주사로 암을 쉽게 고칠 수 있는 곳. 아빠가 절대 쳐들어올 수 없는 곳. 하지만 시를 쓰면 안되는 곳. 현준이 있는 곳.

그 엘리베이터를 타서 버튼을 누르면 그곳에 다시 갈 수 있으려나? 이번에는 엄마와 단둘이 가볼까? 아니면 엄마랑 친구들 전부 데리고 갈까? 엘리베이터 탑승 제한 인원이 몇 명이었지? 다음번에 가게 되면 누가 마중을 나올까? 미키? 아님 피터? 연달아 떠오르는 질문을 죽 따라가다가 민아는 잠의 세계에 빨려들어 갔다.

*

재활치료실에서 동수는 이를 악물고 팔 운동을 했다. 스물, 스물하나, 스물둘⋯⋯. 이마에 송골송골 맺히기 시작한 땀이 비 오듯이 바닥으로 떨어졌다.

동수의 변화를 물리치료사 선생님들이 가장 먼저 눈치챘다.

"똥수, 무슨 심경의 변화냐?"

동수 입에서 간신히 말소리가 삐져나왔다.

"말, 시키지, 말아요, 휴휴."

선생님들은 갑작스레 빡센 운동을 하느라 몸이 놀라지 않도록 옆에서 매의 눈으로 지켜봤다. 동수가 페이스를 잃고 선을 넘는 듯하면 운동을 쉬게 하고는 물병을 건넸다.

"안녕하십니까."

치료실 공기를 쩌렁쩌렁 가르는 목소리에 모두 운동을 멈췄다. 휠체어에 앉은 남자의 어깨는 넓고 팔은 아기 허벅지만 큰 단단해 보였다. 선생님들이 우르르 그에게 다가갔다. 그는 치료실 선생님들과 잘 아는 사이처럼 보였다.

"여러분, 잠시만요."

동수와 가장 많은 시간을 보내는 물리치료사 샘이 치료실 중앙에서 소리쳤다.

"여러분께 소개드리고 싶은 사람이 있습니다. 저와 친구인 김정식 선수입니다. 아시는 분도 있겠죠. 패럴림픽 농구 국가 대표이기도 하죠."

와, 하는 소리 뒤로 박수 소리가 짧게 이어졌다. 동수는 자기 곁에서 손가락 재활 운동을 하는 환자에게 소곤거렸다.

"패럴림픽이 뭐예요?"

"장애인 올림픽."

"아."

목에 걸린 수건으로 동수가 땀을 닦는 동안 김정식 선수의 휠체어가 동수 쪽으로 약간 다가왔다.

"반갑습니다. 그냥 놀러 온 거니까 저 신경 쓰지 마시고 운동하세요. 저도 오랜만에 몸 좀 풀려고요, 하하. 어슬렁거릴 테니까 혹시 재활이나 운동에 관해 궁금한 거 있으면 편하게 물어보세요."

"네."라고 몇 사람이 대답했고 몇 사람은 다시 건조한 박수를 쳐댔다. 그러거나 말거나 동수는 다시 팔 운동을 시작했다. 아까보다 한 단계 높여서 해보자. 고리를 빼서 다른 색깔에 연결한 후 숨을 내쉬며 잡아당겼다. 휴, 꼼짝도 하지 않았다. 벌써 포기할 순 없지. 조금이라도 움직일 때까지 동수는 버틸 작정이었다. 윗니와 아랫니를 다부지게 물며 덜덜 떨리는 상태를 버텼다.

"단계를 낮춰서 해요."

선수가 동수 곁으로 다가와 나지막이 말했다.

"끌어당길 수 있는 곳에서 근력을 키워야 다음 단계를 할 수 있거든요."

대답 대신 동수는 고리를 다시 빼서 아까 연습했던 색깔에 걸었다.

"혹시 농구 좋아해요?"

환장하죠. 제가 농구공만 잡으면 운동장을 훨훨 날아다녔던 사람입니다. 〈슬램덩크〉 광팬이고요.

"싫어하진 않아요."

선수가 손톱으로 짧은 수염이 덥수룩하게 자란 턱을 슥슥 문질렀다.

"좋은데."

"네?"

"아, 팔이 길어서요. 근육만 좀 키우면 딱인데."

말끝을 흐리면서 선수는 잠시 생각에 잠겼다. 그러거나 말거나 동수가 다시 팔 운동에 집중하려는데 선수의 긴 팔이 다가와 동수의 휠체어에 탭을 두드렸다.

"잠깐 시간 있어요?"

"바쁜데요."

"그러지 말고, 잠깐 따라와봐요."

선수는 휠체어를 끌고 입구로 향했다. 입구 근처에 놓아둔 농구공을 능숙하게 집어 올린 후 재활치료실을 나갔다. 병원 복도를 죽 지나 신관 끄트머리까지 가자 동수 몸에 절로 힘이 들어갔다. 여기는 샤이어로 통하는 엘리베이터로 가는 길 아닌가.

역시나 그 엘리베이터 근처는 한산했다. 여기까지 사람들이 잘 오지 않는다는 걸 귀신같이 아는 걸 보면 그 또한 이 병원에서 오랜 시간을 보낸 모양이다.

"거기 있어봐요."

입구 근처에 동수를 세워두고는 선수는 엘리베이터 앞으로 움직였다. 그러더니 갑자기 농구공을 휙 던졌다. 동수는 얼떨결에 농구공을 받았다.

"순발력 좋고."

선수 입에서 알 듯 모를 듯한 말이 흘러나왔다. 다시 공을 던져보라고 해서 한 손으로 농구공을 쥐고 휙 던졌다. 선수는 능숙하게 농구공을 잡아챘다.

"손가락 크고."

또 중얼중얼하다가 선수는 공을 기습적으로 던졌다. 동수는 두 팔을 죽 뻗어 공을 캐치했다.

"나이스 캐치! 이번에는 공을 최대한 높게 던져봐요. 높게."

그래도 될까 싶어 동수는 고개를 한껏 쳐들어 위를 훑어봤다. 다행히 층고가 높아 괜찮을 것 같았다. 공을 아무리 높이 던져도 3층 높이까지 던질 수는 없겠지. 힘껏 공을 높이 던지고 싶었지만 무리였다. 아까 팔 운동에 너무 힘을 쓴 탓이다. 공은 생각보다 높이 오르지 못한 채 포물선을 그리며 떨어졌다. 선수는 휠체어를 재빨리 움직여 바닥에 탕탕 튕겨지는 공을 낚아챘다. 제법 멋졌다.

그는 손가락 끝에 농구공을 올린 뒤 손으로 뱅뱅 돌렸다.

"국가 대표 될 생각 있어요?"

국가 대표라는 말에 가슴이 흔들렸다. 동수는 안경 너머로 그를 건너다봤다.

"메달 따면 연금도 나와요."

아주 잠깐 머릿속으로 이미지 하나가 스쳐 지나갔다. 국가 대표 선수복을 입고 농구 경기장을 활보하는 자신의 모습.

"생각해봐요. 난 다음 달에 또 올 거니까."

그와 함께 나란히 휠체어를 끌고 재활치료실로 돌아왔다. 그의 부탁을 받고 물리치료사 샘이 네임펜을 건넸다. 네임펜 뚜껑을 열며 그가 말했다.

"참, 병원 나오면 재활 스포츠 센터 검색해봐요. 국가에서 운영하는데 꽤 좋아요."

그는 들고 있던 농구공에 사인과 동수의 이름을 적었다.

"선물이에요. 아니다, 뇌물."

기다란 팔로 농구공을 가볍게 던지면서 그가 말했다. 그의 입술에 걸려 있는 미소가 마치 샤이어에 쏟아졌던 햇살처럼 환했다.

샤이어에서 바다를 향해 걸어가면서 동수는 그곳을 유심히 관찰했다. 도시의 도로와 인도는 물론이고 공원과 건물로 접근하는 길까지 모두 장애인을 배려해 만들어져 있었다. 발전된 기술과 배려하는 마음이 어우러진, 장애 친화적인 환경에서 동수는 안도감과 함께 자유로움을 느꼈다.

동수는 자기 이름이 적힌 농구공을 안고 민아의 병실을 찾았다. 혹시 밥도 못 먹고 물도 못 마시고 토를 하며 꽥꽥거리고 있으면 어쩌나 걱정이 되었다. 괜찮았으면 좋겠다는 마음을 품고 문을 천천히 열었다. 고개를 빠끔히 들이밀어 동태를 살폈다. 민아가 그사이 좀 살이 빠졌는지 앙상해진 얼굴로 동수를 반겼다.

"웬 농구공?"

꽉 잠긴 목소리로 물어보는 민아에게 방금까지 있었던 일을 들려줬다. 이야기를 끝까지 듣던 민아가 손을 쑥 내밀었다. 동수는 농구공을 선뜻 민아 침대 위에 올렸다. 한참 동안 민아는 농구공에 적힌 동수 이름을 가만히 들여다봤다.

"이제 때가 됐네."

무슨 소리인지 알 수가 없어 동수는 물음표가 주렁주렁 달린 눈빛으로 민아를 바라봤다. 민아는 침대 옆에 붙은 서랍장 위 칸을 열어 편지 봉투를 내밀었다.

"선물."

"다들 왜 이래. 오늘 내 생일인 건가?"

동수의 너스레에 민아는 희미하게 웃었다. 그 미소를 잠깐 보다가 동수는 물었다.

"어떻게 그래?"

"뭐가?"

"어떻게 그 고통을 신음소리 한 번 내지 않고 견뎌?"

민아는 배시시 웃었다.

"생각보다 간단해. 고통받고 있는 사람은 내가 아니라고 생각하면 돼. 분신인 거지. 도플갱어나."

그렇게 말하고는 민아는 클클 이상한 웃음소리를 냈다.

"지금 잠깐 맡고 있는 단역일 수도 있고. 걔한테 다 줘버리는 거야. 힘든 것들, 우울한 것들, 절망적인 것들."

"걔 좀 불쌍하다."

"불쌍하지. 그래서 또 내가 맛있는 거 생기면 민아2한테 먼저 줘."

민아2? 동수는 푸하하 호탕한 웃음을 터트렸다. 통증이 올라오는지 민아가 이마를 찡그렸다. 동수는 후다닥 농구공을 챙겼다.

"나 가볼게."

병실을 나와 복도를 지났다. 엘리베이터를 기다리는 사이 민아가 준 봉투를 열었다. 민아의 아기자기한 글씨체가 눈에 들어왔다.

일일 소원권
귀하는 재활 치료에 매진하였으므로 소원을 하나 쓸 수 있습니다.
추민아는 성심성의껏 당신의 소원을 들어드리겠습니다.

민아의 마음이 감동으로 다가왔다. 하지만 일일 소원권을 들여다보며 동수는 깨달았다. 더는 소원 따위 필요 없다는 것을. 소원을 간절히 비는 대신 하루하루 더 치열하고 즐겁게 살아가련다. 사랑하는 사람들과 뜨겁게 눈을 마주치고 손을 마주 잡으면서.

*

민아의 톡을 받자마자 혜주는 병원으로 달려갔다. 항암이 잘 끝나서 퇴원을 앞두고 있다는 메시지였다. 민아에게 할 말도 들을 말도 많았다. 고작 며칠 떨어져 있었을 뿐인데 한 달이 지난 것 같은 기분이었다.

병실 문을 똑똑, 두드렸다. "들어와."라는 소리에 문을 천천히 밀었다. 침대에 앉아 있는 민아와 민아 바로 앞에 있는 동수가 보였다. 혜주는 보호자 의자를 놔두고 침대 위로 쳐들어갔다. 민아의 몸에 조심스레 다가가 와락 안겼다.

"얼굴이 반쪽이 됐네."

속상함이 묻은 목소리에 민아는 안간힘을 다해 웃어주려고 무던히 애썼다. 그게 혜주는 또 고마웠다.

밀린 이야기를 서로 앞다퉈 늘어놓았다. 동수는 국가 대표 농구 선수를 만나 사인볼 받은 이야기를 했고 민아는 아빠가 술에 잔뜩 취해 병실에서 술주정을 부리다 내쫓긴 일을 이야기했다. 심각한 어조가 되었다가 깔깔 웃었다가 비웃다가 서운했다가 괜찮아졌다. 이 친구들을 만나 수다를 떠는 동안 혜주는 자기 안에 찬란히 태어났다가 사그라지는 감정들을 낯설게 마주했다. 내 안에 이토록 놀라운 것들이 숨어 있었다니. 한 번도 상상해본 적 없는 일이었다.

"그럼 동수가 국대 되는 일만 남은 거야?"

혜주의 기습 질문에 동수가 머리를 박박 긁적였다.

"생각 중이야."

민아가 쑥 끼어들었다.

"생각은 무슨. 너 재활실에서 팔 운동 겁나 한다는 소문이 4층 병실까지 쫙 돌고 있어."

동수가 곧장 반박했다.

"그거야 팔이 강해져야 휠체어를 나 혼자 탈 수 있으니까 그렇지."

"그럼 그 농구공은 왜 그렇게 끼고 도는데?"

"헐, 내가? 내가?"

"그래, 네가!"

높아진 고성을 중재한 사람은 혜주였다.

"자자, 정리해보면."

민아와 동수가 동시에 혜주를 쳐다봤다.

"동수는 농구 선수가, 민아는 시인이 되고 싶다, 이거네?"

민아와 동수 입에서 동시에 끙, 하는 소리가 흘러나왔다. 반박하고 싶지만 반박할 수 없을 때 지을 수밖에 없는 애매한 미소가 두 사람 얼굴에 어른거렸다.

"좋아. 나도 고백하겠어!"

혜주의 당찬 목소리에 민아의 커다란 눈이 한층 더 커졌다. 혜주는 대통령 선거에 나서는 후보처럼 벌떡 일어나 두 팔을 크게 벌렸다.

"나는 세상에서 가장 맛있고 강한 바나나 품종을 개발할 거야."

웅변대회에 나선 사람처럼 쩌렁쩌렁한 목소리로 열변을 토했다.

"돈을 모을 거야. 아주 많이. 그래서 제주도 땅을 왕창 살 거야. 거기에 한국에서 가장 큰 바나나 농장을 지을 거야!"

혜주가 크게 벌렸던 두 팔을 소중히 가슴으로 모았을 때 동수의 두 손이 짝짝, 박수를 쳐대기 시작했다. 작게 시작된 박수 소리는 점점 선명해지고 커졌다.

"멋져."

민아가 보탠 말에 혜주는 무척 기뻤다.

"나 할 말이 아직 많아."

혜주의 선언에 민아는 고개만 연신 끄덕였다. 혜주는 보험 상품을 파는 영업 사원처럼 민아에게 찰싹 붙어 브리핑을 계속했다.

"나 이 책 다 읽었어."

혜주가 가방에서 책을 꺼내 흔들었다. 『꽃들에게 희망을』이었다. 민아는 피식 웃었다.

"읽을 만했어?"

민아가 물었고 혜주는 가슴에 한 손을 올렸다.

"대박 좋더라. 앞만 보고 징그러운 이야기인 줄 알았는데 뒤로 갈수록 완전 감동이던데?"

그러더니 혜주는 숨도 쉬지 않고 다음 말을 툭 내뱉었다.

"그리고 나 엄마랑 한판 했어."

"뭐?"

엄마와 싸운 내용을 아주 상세히 보고했다. 민아와 동수의 얼굴색이 시시각각으로 변했다. 뺨을 맞았다는 대목에서 민아는 손으로 입을 가렸다.

"괜찮아. 뺨은 좀 아팠지만 그 뒤로 엄마가 내 눈치를 보기 시작했으. 전세 역전인 거지."

"정말 괜찮은 거야?"

걱정이 가득 묻은 민아의 물음에 혜주는 기세 좋게 맞장구쳤다.

"그렇다니까. 이제야 엄마도 헛된 욕심들을 내려놓기 시작한 거지."

마지막으로 혜주는 핸드폰 화면을 민아 눈앞으로 갖다 댔다.

"짠~."

민아의 눈동자가 마구 흔들렸다. 민아의 얼굴에 당황하는 기색이 완연했다. 궁금함을 참지 못하고 동수는 휠체어를 움직거리며 "뭔데? 아, 뭔데." 외쳐댔다.

"추민아 팬 카페. 제1대 회장 강혜주."

하루 동안 꼬박 치열하게 고민했다. 보라의 팬클럽에 남을 것인가. 민아의 팬클럽 초기 회장이 될 것인가. 민아를 만나 지금까지 보낸 시간이 주마등처럼 촤르르 눈앞에 흘러갔다. 그래. 내 선택은 너다, 추민아. 팬카페 이름을 지을 때도 끝까지 고민했다. 숱한 단역들을 거쳐 온 민아의 이력을 강조할까? 공부도 좀 하면서 연기까지 잘하는 점을 부각시킬까? 여러 생각을 하던 중에 한 문장이 탁 튀어올랐다.

'시를 쓰는 배우, 연기 하는 시인. 추.민.아.'

*

    내일 퇴원을 앞두고 엄마와 미리 짐을 정리했다. 앞으로 몇 번의 항암이 더 남아 있을지 모르지만 일단 집에 돌아갈 수 있어 민아는 좋았다. 잘 먹고 산책도 많이 해서 체력을 끌어올리고 싶다. 그래서 다음 항암부터는 입원하지 않고 외부 항암주사실에서 맞으면 좋겠다. 조혈모세포 이식도 기다려야 한다. 고맙게도 한국조혈모세포은행협회에 조혈모세포를 기증해준 사람들이 많으니 어쩌면 민아에게도 차례가 돌아올지도 모른다.

    병실에서의 마지막 밤. 보호자 침대에서 불편하게 몸을 웅크리고 잠을 청하는 엄마를 힐끔거리다가 민아는 입을 뗐다.

    "엄마, 자?"

    엄마는 다람쥐보다 빨리 민아 쪽으로 돌아보며 되묻는다.

    "어디 불편해? 잠 안 와?"

    "아니, 엄마랑 이야기하고 싶어서."

    엄마는 담요를 목까지 끌어올린 뒤 민아를 향해 고개를 더 꺾었다. 옆 환자에게 방해가 될까 봐 민아는 최대한 작은 목소리로 말했다.

    "엄만 첫사랑이 누구였어?"

    엄마는 한 손을 머리 밑에 넣으며 대답을 피했다.

    "설마, 아빠는 아니었지?"

"걱정 마. 아주 멋진 사람이었어."

"아빠랑 다른?"

"많이 달랐지."

민아는 몸을 외로 더 돌렸다.

"근데 왜 헤어졌어? 그 사람이랑 결혼하지."

엄마는 천장으로 시선을 넘겼다. 추억을 되새김질하는 듯했다.

"그럴 사정이 있었어. 그리고, 그 사람이랑 결혼했으면 널 못 만났을 거 아냐."

"그런가? 어째서?"

"그렇지 않아? 나보다 네가 더 잘 알겠지."

"아, 나 생물 약해. 그쪽은 건드리지 맙시다."

엄마가 살포시 웃다가 눈을 감았다. 졸음이 쏟아지는 모양이었다. 민아도 졸렸다. 몸을 돌려 다시 반듯하게 누우며 민아는 작게 속삭였다.

"이혼 소송 끝나면 좋은 사람 찾아봐. 엄마 아직 젊고 예뻐."

엄마는 묵묵부답. 잠시 후 새근새근 숨소리가 들렸고 옅게 코 고는 소리가 흘렀다. 입을 약간 벌린 채 깊은 잠에 빠져든 엄마의 얼굴을 훔쳐봤다. 아직 생생하고 아름다운, 소중한 얼굴을.

민아는 몸을 돌려 창밖을 바라봤다. 까만 어둠이 빼곡히 들어찬 하늘을 보다가 생각했다. 2차 항암을 마친 스스로가 대견했다. 항암을 겪으면서 아주 중요한 사실을 하나 깨달았다. 자신이 진짜 괴로웠던 이유는 항암 그 자체가 아니라 항암이 고통스러울 거라는 두려움 때문이었다는 것을. 아빠의 술주정과 횡포보다 언제 아빠가 술에 취해 엄마와 자신을 곤경에 빠트릴지 모른다는 사실이 더 무서웠던 것처럼.

미리 겁먹지 않으려면 어떻게 해야 할까. 막상 일이 닥치기도 전에 메뚜기 떼처럼 까맣게 몰려오는 두려움에 맞설 수 있으려면 어떤 마음이 필요할까. 고통과 두려움에 맞설 수 있는 용기를 가질 수만 있다면 지금보다 쪼금은 더 단단해지고 의연해질 수 있을까?

현준의 말이 생생히 떠올랐다.

"시를 계속 써줘. 네가 시집을 내면 온 세상을 다 뒤져서 내가 꼭 찾아낼게. 그리고 지켜낼게."

현준에게 건넨 시의 단어들을 민아는 하나도 빠짐없이 기억했다. 민아는 밤하늘에 떠 있는 별들을 하나하나 바라보며 아주 작은 목소리로 시를 읊었다.

그대 어여쁜 손바닥에
삶의 무게를 잠시 놓아두고
한바탕 잘 놀다왔습니다
그동안 참 무거웠죠?

노느라 웃느라

그대 손바닥이 갈라지는 것도

알아채지 못했습니다

나도, 미안해요

그렇지만 나도,

힘들었어요

아무리 오랜 시간이 걸려도 기다릴게. 내 시집을 네가 찾아 낼 때까지.

그리고 또 기다릴게. 모든 단어가 내게 보내는 편지일 너의 시를.

민아는 눈을 꾹 감으며 다짐했다. 두려움이 밀려들 때마다 시를 쓰겠다. 펄펄 뛰는 언어로 아름다운 시를 쓰는 사람이 되겠다. 시를 쓰는 일로 무섬증을 떨쳐내고, 사랑하는 사람들에게 편지를 쓰고, 지금 이 순간에도 고통과 맞서 싸우고 있는 사람들에게 손을 내밀어야겠다. 그런 생각들 끝에 민아는 까무룩 잠이 들었다.

『소원 따위 필요 없어』

창작 노트

★

어렸을 때부터 자주 아팠다. 그래서일까. 아픈 사람들이 자
주 마음에 들어왔다. SBS 스페셜 〈움직여라! 발가락〉을 보고
단편 「불명열」 속 인물을 썼고 그 인물이 살아남아 동수가 되
었다. 힘겨운 상황에서도 남을 먼저 생각하고 때로는 대책 없
이 밝은 동수에게 많이 끌렸다.

소설 초고를 2021년에 썼다. 다듬은 소설을 출판사와 계약
한 후 개작을 진행해야 하는데 갑작스럽게 몸이 많이 아팠다.
몸의 일부가 무너지니 도미노처럼 연쇄적으로 계속 문제가
생겼고 몸 전체가 약해졌다. 나 혼자만 아프지 않고 동생과
함께 아파 더 고통스럽고 힘든 시간을 보냈다.

개작을 위해 투병하는 사람들의 에세이를 많이 읽었다. 그
러다가 2022년 겨울, 동생이 암 확진을 받았다. 도무지 믿을
수가 없었다. 동생은 늘 나보다 건강했다. 아픈 사람들 이야
기를 많이 보고 소설로 써서 이런 일이 벌어진 건가? 근거 없
는 죄책감에 시달렸다.

투병을 하는 동생을 옆에서 도우며 조금씩 몸을 추슬렀다.
조금 회복된 다음 원고를 다시 들여다보니 느낌이 많이 달랐
다. 꿋꿋하고 의젓하게 투병을 하는 민아를 잘 이해하고 있다
고 생각했는데 그게 아니라는 사실을 깨달았다. 민아가 겪은

고통과 두려움을 온 마음을 다해 이해하지 못하면서 초고를 썼다는 사실이 참 뼈아팠다.

몸도 마음도 바닥일 때 내 이야기를 끝까지 들어준 건숙 언니. 내가 지칠까 봐 매일 문자를 보내준 보윤 언니. 슬픔에 빠진 나를 안아주며 같이 울어준 유선 언니. 걱정해주고 함께 아파해준 소중한 분들. 당신들이 있어 나는 글을 읽지도 쓰지도 못하는 시간도 삶이라는 것을, 나는 존재만으로도 가치 있는 사람이라는 것을 간신히 알아차릴 수 있었습니다. 고맙습니다.

아픈 두 딸 때문에 마음고생을 심하게 한 엄마, 그리고 큰 수술과 항암 과정을 누구보다도 씩씩하게 견뎌낸, 놀라울 정도로 강인한 생명력을 보여준 나의 쌍둥이 동생에게 이 소설을 바친다.

마지막으로 이 책이 나오기까지 고생해주신 모든 분들에게 감사의 인사를 전한다. 그리고 소설을 끝까지 읽어준 독자분들께 두 손 모아 사랑의 인사를 전한다.

탁경은

참고 자료

곽재식, 『곽재식의 미래를 파는 상점』, 다른, 2020.
황승택, 『저는, 암병동 특파원입니다』, 민음사, 2018.
SBS스페셜 〈움직여라! 발가락〉, 2018.

소원 따위 필요 없어

ⓒ탁경은, 2023

초판 1쇄 발행일 | 2023년 8월 18일
초판 4쇄 발행일 | 2024년 6월 5일

지은이 | 탁경은
펴낸이 | 사태희
편   집 | 최민혜
디자인 | 홍성권
마케팅 | 장민영
제   작 | 이승욱 이대성

펴낸곳 | (주)특별한서재
출판등록 | 제2018-000085호
주 소 | 08505 서울특별시 금천구 가산디지털2로 101 한라원앤원타워 B동 1503호
전 화 | 02-3273-7878
팩 스 | 0505-832-0042
e-mail | specialbooks@naver.com
ISBN | 979-11-6703-085-6 (43810)